ODBAČEN

ODBAČEN

Mika Altun

Globland Books

Doći će dan kada će cveće za koje si rekao
da neće cvetati, procvetati.
Nevolje za koje si rekao da neće stati, će prestati.
Kada kažeš nije gotovo, biće gotovo.
Život je takva tajna...
Prvo zahvalnost,
Onda strpljenje,
Pa vera...

Da li znate koja je razlika između biti ostavljen i biti odbačen?

Možete biti ostavljeni čak i ako ste voljeni, iz različitih razloga.

Život se poigra sa vama i nužno budete ostavljeni...

Ali kada neko svesno donese odluku da vas ostavi po strani, da vas baci kao krpu pored puta, znači da ne oseća baš ništa prema vama. To znači da ste odbačeni.

I koliko god vas to bolelo, morate prihvatiti tu činjenicu. A ono što je bolno ne želimo ponavljati, ne želimo ponovo preživljavati... zato je najjednostavnije prosto ne voleti...

Bog vam uz život neće dati i uputstvo za njegovu upotrebu. Nećete čak dobiti ni iste delove kao drugi kako biste sklopili svoju slagalicu. Moraćete sami da ih tražite... ili jednostavno pokušati napraviti najbolje moguće od onoga čime raspolažete.

Na vama je...

1

- Aleks -

— Nemoj mi to govoriti! — brecnuo sam se Aliju kada mi je ponovo pomenuo svoju želju da se povuče. Samo se nasmejao. Oduvek je bio tako smiren, pun mudrosti i strpljenja koliko god da mu je život zadavao udarce. Divio sam mu se zbog toga. Takva je snaga volje neverovatna. Toliko da bi mogao pokoriti svet, samo kada bi želeo. Skromnost mu, međutim, nije to dozvoljavala. Uvek je sa zahvalnošću prihvatao sve što život stavi pred njega. I ovog se puta nasmejao mojoj reakciji.

— Znaš i sam da je to neizbežno, ne možemo se više kriti od činjenice da me godine stižu. Biću tu za tebe dokle god sam živ, ali vreme je da se polako povučem. Moramo naći rešenje, odnosno adekvatnu zamenu.

Namrštio sam se kao nikada u životu. Što je zaista bio izazov jer sam gotovo celog života namrgođen. Taj me je bes koji nosim u sebi i doveo do vrha. Tu gde sam sada. Video sam da ovoga puta neće odustati. Rešen je da se povuče. I koliko god mi to teško padalo, moraću da se pomirim sa tim.

Stari Ali bio je uz mene otkada sam upoznao i život, tačnije kada sam shvatio koliko surov može biti. A tome će sada biti trideset godina! Ni sva njegova ljubav i pažnja nisu bile dovoljne da iz mene izvuku sav bes koji sam tada nakupio. Ipak, bio je jedino što mi je ostalo i nisam želeo da se oprostim od njega ni na koji način. Ali... vreme je radilo protiv mene.

Kada sam ostao sasvim sam, Ali se našao na mom putu. Mislim da ga je sam Bog poslao. Kako je on imao običaj da kaže „nije nas zaboravio, zato nas je i spojio". Ja, međutim, dugo nisam razumeo zašto me je uopšte i stvorio, ali nisam mogao ni da poreknem zahvalnost što sam te noći sreo Alija. Kada se sada osvrenem iza sebe to je zaista bilo najbolje što je moglo da mi se desi.

Ali je tada bio poznati krojač, majstor, kako su ga u Turskoj nazivali. Život, ili kako oni kažu sudbina je navela njega i njegovu ženu na put Londona pre više od trideset godina. Vremenom je postao izvrstan i nadaleko poznat dizajner. Dizajnirao je i šio unikatne komade za elitu Londona. U takvim se krugovima brzo za njega pročulo pa je otvorio svoj salon i prilično dobro zarađivao.

Imao sam pet godina kada sam mu se pridružio. Gledao sam i upijao kao sunđer, poželevši da mu se, u znak zahvalnosti što se zauzeo za mene, nekako odužim. Nažalost, talenat koji je on imao ja nisam i to je prvi od mnogo puta, kada sam požalio što mu nisam biološki sin. Možda bih onda nasledio taj talenat.

Učio sam, trudio se, nisam hteo da ga razočaram, nisam želeo da njegov trud bude uzaludan, a želeo sam i da neko bude ponosan na mene. Bio sam najbolji đak. Grudi bi mu se uvek nadimale ponosom kada bi došao po mene u školu, a učiteljica me hvalila. Ja sam se hranio tim ponosom i nastavljao dalje i bolje. Ta mi je nagrada, njegov ponos, bila i više nego dovoljna, njome sam se vodio i nizao uspehe. Tokom školovanja sam otkrio da imam smisla za biznis i ekonomiju, te sam taj fakultet i upisao i uspešno završio kao prvi u klasi.

Pokrenuo sam posao. Ja sam vodio finansije i sklapao veze, širio tržište za njegove veličanstvene komade odeće koje je stvarao.

Godine su se nizale jedna za drugom, a ja sam se potpuno tome predao. Sam London nije bio dovoljan. Znao sam da što je stariji pati za svojom domovinom. Naročito otkako je ostao bez svoje divne supruge Esme.

Radio sam na internacionalnom proširenju. Butik u Londonu je ostao, ali sam vremenom toliko proširio posao da sam uspeo osim unikatnih komada da stvorim i druge modne linije, masovne potražnje. Uveo sve stilove i samo se proširivao. Bilo mi je i ekonomičnije da proizvodnu liniju stacioniram u Istanbulu. Na taj način nisam morao da uvozim pamuk, a i radna snaga je daleko jeftinija. Stvorio sam marku. Stvorio sam imperiju. Butik unikatnih komada u Londonu je ostao, i butik mešovite robe je otvoren. U Istanbulu je bila fabrika u kojoj se odvijala proizvodnja, deset butika po gradu svih proizvoda i ekskluzivni butik unikatnih komada na Nišantašiju[1].

Kada sam mu saopštio da će moći da se vrati u Tursku oči su mu bile puna suza. „Moj ponosu!", rekao je tada čvrsto me zagrlivši. Međutim, nije mu bilo lako da se odvoji od mene, a ni meni od njega. Zato sam odlučio da živim na relaciji London-Istanbul. Iskreno, više sam bio u Turskoj, u London sam dolazio samo po potrebi. Zaista ima nešto u toj zemlji da vas kupi na prvu. A i Ali je bio tamo. Nikog drugog nisam imao pa nisam ni video razlog zašto ne bih krenuo sa njim. Svakako ne bih bio miran da ne znam da li je dobro. Umeo je da pretera sa radom i morao sam da ga držim na oku i opominjem.

Kupio sam apartman koji je bio dovoljan za četvoročlanu porodicu, sa pogledom na Bosfor. I bio je blizu kancelarije. Nije hteo ni da čuje da bude sa mnom. Nakon podužeg ubeđivanja našli smo neki kompromis. Na delu imanja gde su kancelarije firme napravili smo kućicu za njega. U prvom delu je bio njegov studio, gde je radio i krojio, dok je kuća bila u nastavku, tako da je sa zadnjih vrata studija mogao direktno u nju. Sve je sređeno po njegovom ukusu, zadnji deo kuće je imao trem i ispred njega baštu u kojoj je uživao i dok je održavao i dok je samo odmarao kada je pio čaj, kao što je to slučaj sada.

---

1 Ništantaši je otmeno stambeno područje u Istanbulu popularno zbog modnih butika u kojima se prodaje odeća međunarodnih i istaknutih lokalnih brendova

— I čaj je na mukama jer gori na vatri. Čekajući je postao taman. Čaj se ohladio, ja sam se umorio...

Pogledao sam ka njemu dok je on gledao u daljinu i osetio ubod krivice. Njemu je zaista potreban odmor a ja sam sebičan jer mu ne želim naći pomoć ne želeći da ode.

— Oprosti mi. Samo nisam spreman za tvoje povlačenje, ali nikada i neću biti to je činjenica. Ipak, to bi se dogodilo pre ili kasnije. Moram to da prihvatim.

Opet njegov blagi osmeh i pogled pun razumevanja.

— Aleks, sine, ti si mi najveći dar od Boga, nikada te ne bih ostavio, ali vreme čini svoje. Ne želim da budeš nespreman kada dođe taj trenutak. Ja te neću ostaviti nespremnog!

Znali smo i on i ja da misli na moju prošlost koju nisam mogao da prebolim. Svi su me ostavljali, odlazili bez upozorenja, bez pripreme, samo bi me... ostavili. Klimnuo sam glavom i progutao knedlu.

— Šta predlažeš?

— Razmišljao sam. Imaš fenomenalan tim ljudi u dizajnu, kreativni su, vredni, znatiželjni ali još dosta posla je pred njima. Ima tu i ljudi sa iskustvom da potegnu kada treba, ne bojim se da će bilo šta stati i da ja sutra odem. Ali toliko je njih prošlo, nisam ni u kome prepoznao „ono nešto", ono zrnce nečega koje odvaja, da ima u tim radovima nešto što će ti već na skici reći da je to to.

— Misliš neko kao ti? — nasmejao sam se.

Odmahnuo je rukom i nastavio:

— Ti si me uvek dizao u nebesa, ali ako ćeš tako bolje razumeti o čemu pričam neka bude i tako. Neko kao ja. Ja bih radio sa njim, ne bih se povukao odmah, davao bih savete, šlagvorte, ali nisam to prepoznao ni u jednom od njih.

— Pa, kako ćemo ga onda naći?

— Mislio sam... a da napraviš neki internacionalni konkurs? Znaš, ne bismo se onda zamarali gomilom intervjua i tih tričavih sitnica sa svima, iz toga ionako ničeg korisnog, svako će reći najbolje o sebi.

Neka pošalju crteže, skice. Ja ću smisliti temu i verujem da ću već na bazi skice moći da uvidim ima li nekog kome bih rado preneo svoje male tajne.

Klimnuo sam glavom u znak potvrde.

— Neka onda bude tako, ideja je u stvari super. Daću timu HR-a zadatak da se pozabavi time i da se konkurs što pre otvori. Stavićemo rok od tri meseca. Nadam se da ćeš uspeti u svojoj nameri.

Potapšao me je po kolenu i nasmešio se.

— Hvala ti...

— Sve za tebe, stari...

2

- Ajla -

Tri meseca kasnije

Klasično Londonsko podne, oblaci vode bitku sa suncem, ljudi se užurbano kreću ka svojim odredištima. Sedim u restoranu i čekam majku na ručku koji smo dogovorile. Još jednom vadim telefon i po ne znam ni sama koji put čitam imejl koji sam dobila od firme „E-Textil". Izabrana sam. Još uvek ne mogu da verujem. Ovo je neverovatna prilika. Ne mogu da sakrijem svoje uzbuđenje. Konobar me gleda upitno dok prilazi, verujem da izgledam kao budala jer sedim sama i kezim se.

— Izvinite — kažem kada shvatim da stoji i čeka.

— Nema razloga za izvinjenjem, očigledno je nešto lepo u pitanju.

Klimam glavom suzdržavajući se da ne ispričam totalno nepoznatom čoveku kojeg pri tom ne interesuje moj život koliko sam ushićena.

— I ja se tako smešim kada dobijem poruku od voljene osobe — dodaje.

— Oh, nije to u pitanju — na licu mi se ocrtava bitka između srama i... ljutnje? Zašto se podrazumeva da te samo ljubav može tako nasmejati. Neki smo raskrstili sa tim glupostima. I neke druge stvari nas čine srećnim, na primer.

— Oprostite na indiskretnosti — rekao je posramljeno. — Hoćete li da naručite?

Naručujem jer znam da će mama stići svakog trenutka i znam šta će želeti. Ne želim da se ovaj čovek mota okolo više nego što je potrebno i da mi kvari raspoloženje. Nakon što mu navedem porudžbinu povlači se, a mama u tom trenutku prilazi i ustajem dok me prima u zagrljaj.

— Izvini što kasnim, parking...

— Sve je u redu, nisam mnogo čekala.

Smešta se za sto i dok čekamo porudžbinu prolazimo kroz osnovna pitanja kao i inače kada se vidimo. Sa svojih dvadeset pet godina sam se odselila od roditelja. Nisu to dobro podneli, ali su shvatili da je vreme da budem samostalna i imam svoju privatnost. Ipak, koristimo svaku priliku da se vidimo. Kako sam ja jedino dete i dalje uživam sve privilegije iako mi je već skoro trideset. Sa jedne strane to je lepo, a sa druge i opterećujuće.

— Pa... šta je to toliko važno što si želela da mi kažeš, čitam ti na licu uzbuđenje koje ne možeš da sakriješ, nadam se da je ono što mislim da je... — podiže ruke ka nebu u sebi se moleći ili zahvaljujući Bogu jer se verovatno nada da ću joj reći da sam konačno rešila da se udam.

Mama je poreklom iz Turske i iako živi u Britaniji više od tri decenije, neke stvari su ostale deo nje. Njena želja, međutim, plod je čiste roditeljske brige. Nikada nisam osećala pritisak po tom pitanju, niti bi mi to priredila jer je i sama bila žrtva istog. Što je i nateralo da napusti svoju domovinu.

Sa jedva napunjenih osamnaest godina mama je bila žrtva svojih roditelja koji su želeli da je udaju za sina svojih prijatelja. Koliko god vam to delovalo neverovatno u XXI veku, takve stvari poput dogovorenih brakova i dalje postoje. Bili su dobrostojeći, nije im bio potreban nikakav „miraz” koji obično bude razlog takvih pregovora, ali deda je želeo određeno parče zemlje koje bi ovim sporazumom dobio. Mama je oduvek bila borac. I to je samo prvi put kada je uspela da se zauzme za sebe. Želela je da studira, a to nikako ne bi mogla da se udala. Ženi je mesto u kući, u kuhinji, ne na poslu. Ni sama ne znam kako, ali je uspela da pobegne i dođe u London kod svoje drugarice koja je ovde došla na školovanje i sakrije se. Njeni su je se odrekli. Nisu hteli da pređu preko te „sramote" i više nikada nisu želeli da je vide. U prilog tome i činjenica da mene kao jedinu unuku nikada nisu želeli da upoznaju.

Mama je radila sve što je mogla godinu dana kako bi mogla da ostane i nešto uštedi da bi se školovala. Tako je upoznala tatu. Preduzetnik na početku vrtoglave karijere, zaljubio se u nju čim je video. Ali se dugo borio da pridobije njeno srce. Ono što je meni rekla u poverenju je da joj je srce odmah ukrao, ali je sa razlogom bila nepoverljiva i zato ga je držala na tankom ledu. Bilo kako bilo, na kraju su se venčali i dobili mene. Tata je osnovao startap firmu kao programer i vremenom je razvio u veomu uspešnu i jaku kompaniju. Mama mu je kroz ceo proces pružala podršku. Kao i on njoj. Omogućio joj je da završi poslovnu školu i kasnije mu se pridružila u firmi. Rade zajedno i mogu slobodno reći da su retko skladan par. Ja međutim, nisam bila te sreće da doživim takvu ljubavnu bajku. Ostala sam sa ubeđenjem da je jedini muškarac kome mogu verovati upravo, moj otac.

Koliko god da je on bio ponosan na mene i želeo da krenem njegovim stopama, a što je negde i normalno naročito kada deca imaju priliku da nastave dalje porodično poslovanje, mene to nikada nije zanimalo. Ne da me nije zanimalo, prosto nisam imala takav dar jer je, smatram, i za to poreban dar. Ne znam kako, ali ja sam se rodila sa drugim darom. Za crtanje. Još kao dete sam obožavala da crtam, u školi kupila uvek nagrade za svoje crteže. Zaista sam bila talentovana. Kako sam odrastala moj dar se prelio u crtanje raznih modela. Zamišljala bih kako modele po mojim skicama nose najpoznatiji svetski modeli na raznim nedeljama mode. I to me nije napuštalo. Nisu bili zadovoljni kada sam objavila da ću upisati dizajn, ali kao što rekoh nekada bi se isplatilo to što sam jedinica i mogu da budem razmažena devojčica kako bih dobila šta želim.

Moj je talenat zaista bio i prepoznat i priznat, razne agencije su mi nudile zaposlenje po završetku studija, ali sam odabrala da radim sama. Prosto mi se moglo ako ćemo iskreno. Imala sam obezbeđenu budućnost i zaleđinu roditelja pa sam otvorila sopstveni studio. I to je išlo veoma dobro. Vremenom se pročulo za mene i imala sam zaista dobro razvijenu bazu. Nešto mi je ipak nedostajalo. Želela sam više. Ali više u smislu napredovanja, ne bogatstva.

Moje skice bile su jako blizu stila čuvenog dizajnera Alija Jildiza, koji je eliti Londona podario neverovatne unikatne komade odeće. Pratila sam njegov rad i njegov život o kome se doduše jako malo znalo. Bio je moj idol.

Zato sam, kada sam pre tri meseca videla da njegova tvorevina raspisuje internacionalni konkurs za dizajnera, utkala sve svoje resurse, ljubav i posvećenost u to. Izgleda da je tačno da ukoliko dovoljno jako želiš može ti se i ostvariti, jer su me danas obavestili da su odabrali mene!

— Znam da ću te razočarati, ali ne, nisam dozvolila sebi grešku kao što je udaja, niti imam koga, znala bi već da imam. Ali to je tema koju smo davno zatvorili.

Mama me je sažaljivo pogledala i uzela za ruku.

— Mila, moraš da nastaviš dalje. U redu, povređena si, bila je to loša procena, ma jednostavno loš čovek, ali Bogu hvala završilo se, ostalo iza tebe, moraš da kreneš napred. Jedan promašaj ne znači da će svaki sledeći biti takav. Taj problem poverenja nećeš rešiti ako se zatvoriš u sebe i nikom više ne daš priliku.

— Ta me je loša procena umalo koštala... ma neću da se vraćam na to. Molim te, ne vraćajmo se tamo. To se završilo i moja je odluka jasna. Ne želim nikoga. I nemoj mi kvariti raspoloženje.

Nevoljno je klimnula glavom u znak slaganja da je tema zatvorena i povukla se.

— Šta je onda u pitanju što ti je toliko nasmejalo lice? Na kraju, najbitnije mi je da te vidim nasmejanu!

— Znaš onaj konkurs o kome sam pričala?...

Skamenila se na mestu. Nije bila oduševljena tom idejom i nadali su se da ću odustati.

— Nisam znala da si to toliko ozbiljno uzela...

— Ozbiljno?! Uzela sam kao pitanje života i smrti. To mi je bilo zaista važno. U pitanju je moj idol, čovek po kome se upravljam u svom radu. Ovo je bila idealna i fenomenalna prilika da ga upoznam. I pogodi šta? Primljena sam!!!

Pljeskala sam rukama kao dete dok je ona pokušavala da se povrati od šoka.

— Kako to misliš primljena?

— Lepo, od toliko kandidata izabrali su mene! — pokazala sam palčevima ka sebi. — Vidi, znam da ti se ovaj deo neće dopasti, ali molim te, molim te saslušaj me, ovo mi mnogo znači i to mi je životna prilika. Dobila sam ekskluzivno pravo da radim sa gospodinom Alijem tokom šest meseci, koje ću provesti u... Istanbulu.

Već je počela da se mršti i pravi razne gestikulacije neodobravanja.

— Ne želim da odeš na toliko dugo. Uostalom, šta je sa tvojim poslom ovde? Šta ti uopšte nedostaje u njemu? Sama sebi krojiš vreme i obaveze, sve ide savršeno, tata ti je čak napravio program i aplikaciju za lakši rad. Šta možeš naučiti od čoveka koji se još uvek drži makaza i igle?

— Upravo to. Nekada su tradicionalni načini najbolji. Ovo je neverovatna odskočna daska za mene. Ja... prosto sam osećala da mi nešto nedostaje i ovo je bio znak šta je to. Ja ovo ni za šta na svetu neću propustiti i molim te da to prihvatiš.

Odmahivala je glavom u neodobravanju.

— Ne, ne želim da budeš tamo.

— Ali išla sam već tamo neće mi biti prvi put.

Istanbul me je oduvek fascinirao. Ne znam zašto. Recite da su to geni, koreni, nazovite kako god želite, ali osećala sam taj narod kao svoj. Neverovatan spoj nespojivog. Toplog i hladnog. Kao spoj mojih roditelja. Vatrena emocionalna Turkinja i hladni uštogljeni Britanac... Išla sam par puta, turistički, sa drugaricama, išli smo i porodično, samo ne u mamin kvart, nikada.

— To nije isto, išla si turistički na par dana, ali da ostaneš tamo šest meseci?

— Obezbeđen mi je smeštaj i svi troškovi pokriveni od strane firme i blizu kancelarije, ako je to ono što te brine.

— Ne znam, nisam nimalo time oduševljena. Čak štaviše, protivim se! Mogu misliti šta će tek tvoj otac reći na sve to.

— Pa... odavno nemam pet godina ali... imam pet dana da mi pomogneš da to shvati i prihvati, jer sam im potvrdila svoj dolazak.

Gledala me je sa zaprepašćenjem jer je konačno shvatila da vodi izgubljenu bitku i da nema vremena da me ubedi u suprotno.

- Aleks -

Ajla Miler... potvrdila je svoj dolazak kroz pet dana. Koliko sam video u njenom CV-ju ima trideset godina i do sada je radila sama u sopstvenom studiju. Ne znam kakvog je iskustva i od koga mogla da stekne, ali verovao sam u Alijevu procenu. Na kraju krajeva, on je ovo tražio, on je birao. Nije bilo drugih. Stigao je ogroman broj prijava, skica, zaista bogatih biografija, ali on je želeo nju. Jedina skica u kojoj je prepoznao to što traži.

Nije bio u studiju kada sam svratio. Krenuo sam kroz zadnja vrata ka kući, da bih ga opet na kraju pronašao na tremu kako pije čaj. Nasmejao sam se tom prizoru jer ne znam za draži.

— Stari? Opet štrajkuješ? — vodio sam računa i opominjao ga da se što više odmara, ali sam voleo da ga zadirkujem.

Nasmešio mi se.

— Nadam se da ideš sa nekim dobrim vestima.

Tek se onda okrenuo da me pogleda. Seo sam na svoju stolicu preko puta i pružio mu odštampan imejl klimajući glavom.

— Ajla Miler je potvrdila svoj dolazak. Biće ovde kroz pet dana, kako si i želeo.

Smešio se klimajući glavom.

— Odlično — dodao je.

Dugo ga nisam video tako rasterećenog i srećnog da sam bio još više siguran u njegovu odluku iako se meni i dalje činilo da je bilo boljih kandidata.

— Ne mogu da shvatim šta si to prepoznao u njenim skicama. Bilo je kandidata sa mnogo bogatijim biografijama, iskustvom, radom... ona ima skoro trideset godina, a radi sama sve vreme... — gledao sam okolo gestikulirajući rukama u neshvatanju.

— To je samo još jedan plus za ono što ja želim. Nebrušeni dijamant! Zamisli šta sve možeš sa njim. Kada je već obrađen ima samo jednu svrhu. Ako je na prstenu može se samo nositi na ruci, ako je na ogrlici samo oko vrata... a kada je sirovi dijamant može se brusiti kako želiš.

Gledao sam ga zamišljeno... ima istine u tome. Nisam na taj način razmišljao, uvek sam se vodio iskustvom ljudi kada sam ih primao u radni odnos. Razgovori sa njim, njegove mudrosti, vodile su me kroz ovaj život koji me je ostavio samog na vetrometini. Nikada mi nije naređivao, nikada ni u šta ubeđivao... samo bi ovako blagim tonom rekao nešto, nikada direktno već da te natera na razmišljanje i pomogne da nađeš smer kada se izgubiš. I koliko god se sa godinama na njih navikao, uvek je uspevao da me iznenadi svaki put.

— Verujem u tvoju procenu, kao i uvek!

— Jesi li obezbedio smeštaj?

— Jesam, ne brini. Dao sam zadatak da se obavi čišćenje apartmana ovde, on ionako stoji prazan. Ne vidim svrhu da joj iznajmljujemo stan u gradu da ludi sa prevozom, morao bih i šofera da šaljem jer joj grad nije poznat. Uz to svakako je ekonomičnije i plus biće ti blizu. Može se desiti da nekada ostane kasnije i... ne mogu ja voditi računa o njoj kao da sam joj otac. Ovako je najbolje.

— To je onaj apartman nasuprot tvog?

Klimnuo sam glavom, namršten, dok me je on gledao ispod obrva pogledom koji govori „znam te”.

— O, ne zaboga, nemam takve namere. Uostalom znaš da ne mešam posao i zadovoljstvo.

— Znam da znaš samo za zadovoljstvo.

Provukao je prekor kroz to jer me nikada nije video u nekoj stabilnoj vezi. Žene su se otimale za mene. Pa sad, da li za mene ili za bogatstvo, moć, prestiž koji su išli uz mene uglavnom nikada ih nije manjkalo. Mogao sam da biram. I birao sam, ako ćemo iskreno, ali bih brzo prelazio dalje. Ja nisam čovek koji se vezuje. I on je to znao. Godinama se trudio i dalje se trudi da mi tu ideju izbije iz glave, ali bezuspešno. Ja ne želim da imam posla sa emocijama.

— Znam i da si kavaljer i da nikada ne bi iskoristio situaciju, ali muškarac i žena tako blizu, kao pamuk i žar...

— Neću ni primetiti da je tu, veruj mi. Uostalom znaš da retko i svratim do svog stana, ako nisam po sastancima ili nekom izlasku onda sam ovde sa tobom, svratim samo da prespavam... a i to nekada preskočim.

Odmahivao je glavom u neodobravanju.

— Voleo bih kada bi poveo malo više računa o svom načinu života, preopterećen si, previše radiš...

— Odlično sam stari, nema mesta tvojoj brizi — ustao sam kako bih prekinuo razgovor pre nego me opet vrate misli u tamu, ali bojim se da je već bilo kasno. — Idem, budi mi dobar, laku noć — potapšao sam ga po ramenu i izašao.

Rad je jedino što me je držalo na životu. Jer samo kada sam radio nisam razmišljao. Nisam se vraćao u prošlost i ranjavao sebe pitanjima šta bi bilo da je bilo... možda je i bolje što je sve ovako ispalo. Trideset godina ponavljam to sebi, i zaista verujem u to.

Ipak, dete u meni ne može da preboli.

Tama nije samo nedostatak svetlosti...

4

- Ajla -

Istanbul. Jedan grad na dva kontinenta. Spoj nespojivog, istoka i zapada. Fascinirana sam tim gradom. Gledam u sliku Bosforskog mosta na zidu. Ne mogu da verujem da ću uskoro moći da uživam u pogledu na njega uživo. Sve su stvari već spakovane. Nema nazad. I ne želim nazad. Ne samo da želim ovo, već mi je i potrebno. Bilo je potrebno mnogo strpljenja i ubeđivanja da moji roditelji to shvate i prihvate, ali na kraju jesu. Videli su da neću odustati, pa im nije ostalo ništa drugo. Iako nevoljno, prate me na let.

— Čuvaj se i javljaj nam se svakodnevno. Bože, bićeš sama u stranoj zemlji, a mi ovde da ostanemo sami, zaista nije bilo nepohodno — mama nije odustajala do poslednjeg trenutka. Tata je ćutao, ali nije skrivao nezadovoljstvo. Znam da me podržavaju, njihovo nezadovoljstvo je više usled brige.

— Biću dobro, bez brige, pa nisam dete.

— Za roditelje ćeš uvek biti dete.

Pozdravili smo se i krenula sam u svoju avanturu.

* * *

Na aerodromu u Istanbulu čekao me je šofer kojeg je firma poslala, što je super, jer bi me taksi verovatno vozio okolo naokolo s obzirom da ne znam najkraći put, a da ne pominjem saobraćaj koji je blagi pakao.

Grad sa šesnaest miliona stanovnika. Ipak, nisam se osećala kao stranac, naprotiv, neverovatno, ali imala sam osećaj kao da sam stigla kući, a ne otišla od nje. Koliko sam razumela, apartman u kojem ću boraviti bio je u blizini kancelarije pa smo se odmah uputili u firmu.

Osećaj vožnje preko Bosforskog mosta nije se mogao uporediti ni sa čim. Zapamtila sam ga od ranije, ali je ponovo izazvao isto oduševljenje. Imala sam osećaj da ulazim u drugu dimenziju. Ni gust saobraćaj ni nervoza vozača okolo nisu mi ga mogli poremetiti. Otvorila sam prozor i uživala u mirisu mora koji je jedva dopirao kroz sav smog, ali ja sam ga osećala. Vetar mi je mrsio kosu, zatvorila sam oči i pustila da me sunce opije.

Osećaj ushićenja je brzo zamenio osećaj blage treme kada me je u kancelariji firme dočekao Ali Jildiz, lično. Bilo je nestvarno. Koliko ljudi uspe da upozna svog idola, a kamoli da radi sa njim. Prvi put za sve ove godine sam posumnjala u sebe i pitala se da li zaista sve ovo zaslužujem.

— Dobro došli, gospođice Miler — rekao je Ali sa osmehom, pružajući ruku.

— Bolje vas našla — uzvratila sam na turskom sa teškim akcentom, ali sam se osetila zaista dobrodošlom i želela sam na neki način da uzvratim zahvalnošću koja ima topline u sebi. Verovala sam da će ovaj mali gest u tome pomoći. Ali se vidno iznenadio.

— Pa Vi govorite turski? — pitao je znatiželjno.

— Ne baš najbolje, ali da, poznajem ga, moglo bi se reći. Zapravo, moja mama je Turkinja.

Iznenađeno je podigao obrve.

— Zaista? Jako interesantan detalj, nisam to znao. Ali sam očigledno predosetio neku vezu čim sam se odlučio za Vas — rekao je naposletku sa osmehom.

— Niste mogli znati, naravno. Veliko je zadovoljstvo upoznati Vas lično, divim se Vašem radu godinama, pa mogu slobodno reći otkako sam donela odluku da se bavim ovim poslom. Bio mi je zvezda vodilja, tako da sve ovo za mene ima i jaku sentimentalnu stranu, ne samo karijernu, mada nema svrhe ni da pominjem koliko je ovo izvanredna prilika i zaista sam zahvalna da ste se odlučili da mi pružite ovu priliku.

— Drago mi je da je tako. Na kraju samo ono u šta uložite i srce može uspeti kako treba, zar ne? Iskren da budem, kroz Vaše skice već se dalo naslutiti da ste se vodili mojim stilom. Za sve ove godine nagledao sam se raznih pokušaja kopiranja, ali moram priznati nijedan nije bio kao Vaš... jedino sam kod njega video taj pravac, a da nije puko kopiranje već ste uspeli dati svoj pečat i originalnost. Vaši su me crteži kupili i to je razlog zašto ste ovde. Nadam se da ćemo lepo sarađivati nadalje.

— Računajte na mene! — nasmejala sam se. Bila sam oduševljena ovim čovekom, tako blage naravi, kulturan, odmeren, toliko veliko ime, a tako prizeman čovek. — Spremna sam da učim. I drago mi je da ću učiti od najboljeg. Neverovatno mnogo mi znače Vaše reči, ali ne dam se zaneti, nisam Vam ni prići. Svesna sam koliko toga ne znam i radujem se što ću sa Vama saznati.

Klimnuo je glavom u znak odobravanja.

— Znao sam da nisam pogrešio sa Vama. Objasniću Vam ukratko koncept po kojem ćemo raditi. Moj studio je među zgradama u nastavku kompleksa, volim da se izolujem dok radim, ali moja su vrata uvek otvorena za svakoga dobre volje. Odmah je u njegovom produžetku i moj dom, dakle ovde sam uglavnom sve vreme i ne ustručavajte se šta god da treba u bilo koje doba dana da se obratite, to ću odmah reći... u suštini, nadam se da nećete zameriti, ali bih se rado otarasio ove formalnosti, i nazvao te imenom. Možeš mi biti kćer.

— Da, naravno, samo izvolite, biće mi drago da tako učinite.

— Hvala ti, i ti možeš mene oslovljavati sa majstore Ali, ili kako god ti je zgodno, ali me pusti gospodstva, naslušao sam se te „titule" onoliko, a uglavnom je dolazila od neiskrenih ljudi koji su to radili iz različitih interesa, pa mi je to lažno laskanje učinilo to obraćanje sa „gospodine" mrskim.

Klimnula sam glavom u znak razumevanja i nasmejala se.

— Dakle, da se vratimo na temu, tvoj apartman je odmah u nastavku tako da ćeš biti vrlo blizu. Kasnije ću pozvati nekoga da te otprati i pokaže ti sve kako bi se udobno smestila i upoznala sa okolinom, samom firmom i zaposlenima...

U nastavku razgovora majstor Ali mi je izneo osnovne smernice našeg budućeg rada, šta će to podrazumevati kao i šta od mene očekuje. Prešli smo u grubim crtama preko skica na kojima će se raditi u budućem periodu. Bila sam uzbuđena toliko da sam želela odmah da počnem, ali je insistirao da današnji dan odvojim da se smestim i priviknem. Nisam mu protivurečila, naravno. Taman kad smo razgovor privodili kraju neko je uleteo u kancelariju, a kako sam bila okrenula leđima vratima, nisam imala prilike da vidim ko je taj nevaspitani što ne ume da kuca, sve dok se prilika nije stvorila preda mnom, pri tom me i ne primetivši obraćajući se direktno Aliju.

— Stari... rekli su mi da si ovde... — prišao je užurbano ka Aliju i ušao u moj vidokrug. Onda sam ga prepoznala... Aleksander Hart, CEO korporacije. Pa, sad kad znam da je Britanac u pitanju i ko je u stvari, mogu razumeti ovakav upad, ali ovo obraćanje nikako. Zar se svom dizajneru na kojem počiva njegova imperija, ovako uglednom čoveku obraća sa „stari" i čak mu i ne persira... moram priznati da sam malo zgranuta. Izgleda da su novinski natpisi o njegovom stavu i bezobrazluku ipak bili tačni iako ja prva ne verujem svemu što pišu. U prilog tome i njegova večno namrgođena faca koja je i ovog puta tu.

Ali ne mogu poreći da izgleda vrhunski. Odelo po meri, kravata, kaiš, cipele, sve je skockano i upareno da dubi na njemu. Boja očiju kao boja Bosfora... tu sam stala, jer su odmah do očiju bile spuštene obrve i kada sam fokusirala pogled, jednu je podigao upitno kao da očekuje da kažem nešto ili pita šta tražim. Zacrvenela sam se i skrenula pogled, refleksno se uhvativši za kosu tek da bih nečim zauzela ruke.

— Aleks... — počeo je Ali staloženim tonom, ne obazirući se na njegov bezobrazluk. — Drago mi je da si tu, upravo sam te hteo nazvati da te upoznam sa našim gostom pre nego je Asli povede u obilazak.

Aleks me je i dalje gledao identično, nije se ni pomerio, ni jednim jedinim pokretom nije promenio gestikulaciju. Ali je pokazao rukom ka meni.

— Ovo je gospođica Ajla Miler, koju smo odabrali na konkursu.

Ustala sam i pružila ruku u znak pozdrava očekujući isto zauzvrat. Aleks se međutim, najpre okrenuo ka Aliju i progunđao „misliš koju si ti izabrao", a potom mi oštro pružio ruku.

— Aleksander Hart, CEO...

— Da, znam, pratila sam Vaš rad — prekinula sam ga, odjednom dobivši nagon da na njegov bezobrazluk uzvratim svojim. Oštro je klimnuo glavom. I to je bilo sve što sam od gospodina Harta dobila u znak dobrodošlice.

* * *

Nešto kasnije dotična Asli, veoma ljubazna devojka možda par godina mlađa od mene, provela me je kroz čitavu firmu, upoznala sa zaposlenima, čija imena naravno nisam mogla da upamtim, pokazala mi kancelariju koja je bila namenjena meni i kojom sam se oduševila, a potom me povela kroz... pa mogu slobodno reći naselje do apartmana. Čitav kompleks bio je izgrađen na nekih deset hiljada kvadratnih metara, sa zaista modernim stilom gradnje, da sam bila fascinirana.

Došli smo do zgrade koja je bila predviđena za stanovanje, na samom kraju kompleksa, a nedaleko od Alijevog studija i kuće, kako mi je i napomenuo. Sama zgrada bila je dvospratnica. U prizemlju su bila jedna velika vrata što je ulaz u salu sa bazenom i teretanom kako mi je Asli objasnila. OK, ovo već nisam očekivala, nasmejala sam se u sebi dok me je vodila stepeništem na drugi sprat na kome su bila na kompletnom spratu samo dvoja vrata. Jedna nasuprot drugih. Pogledala sam zbunjeno, ali nisam htela da prekidam Asli u izlaganju pa sam mentalno pribeležila da je pitam da li ću ovde biti sama ili živi još neko u pretpostavljam drugom apartmanu ili ta vrata vode ka nečemu drugom.

Sam stan me je ostavio bez daha. Tako lepo sređen i topao. Od ulaznih vrata postojao je mali hodnik koji je dalje vodio do velike spavaće sobe sa desne strane i potom kupatila velikog koliko još jedna soba, dok je na levoj strani iza zida bila kuhinja sva u belom, sa šankom i dve barske stolice u crno-beloj varijanti. Ispred mene se prostirao dnevni boravak u kome su bile dve fotelje i trosed, sa stolom u sredini, preko puta troseda moderna polica sa LCD-om... ali ispred je celom dužinom bilo staklo i izlaz na balkon, tako prostran sa garniturom, da sam se odmah zaljubila u njega i već videla da ću tu provoditi najveći deo svog vremena. Imala je pogled na baštu koja je bila predivno uređena. Sa leve strane je bio stakleni zid koji je predvajao pretpostavila sam balkon drugog apartmana.

— Asli, ovo je zaista neverovatno. Nisam ovoliko očekivala. Mislim, samo ovaj balkon je predivan, a da ne pričam o ostalom. Ali teretana i bazen... možda su malo previše ovde, zar ne?

— O, ne dušo, to je bila posebna želja gospodina Aleksa, on ih koristi uglavnom noću tako da ne verujem da će mu smetati da ih koristiš ako poželiš jer nećete imati prilike da se sretnete, sem ako i ti nemaš naviku da odeš u tri-četiri ujutru na plivanje ili vežbanje.

Ne znam zašto, ali hladan me je znoj oblio i stomak napravio salto na sam pomen Aleksa, a misao da bi se mogli sresti me je izbacila iz ravnoteže... ne znam čemu ovakva reakcija.

— Gospodin Aleks... — počela sam oprezno kao da će odugovlačenje promeniti odgovor. — On dolazi ovamo?

— On boravi u drugom apartmanu — rekla je Asli pokazavši rukom ka drugom balkonu. Jeste bilo dalje ali se kroz staklo videlo. Moja ideja o neverovatno spokojnom boravku ovde je upravo potonula kao Titanik. Pogledala sam u smeru njene ruke i verujem gestikulacijom pokazala svoje „oduševljenje" ovom informacijom.

— Zar ti nisu rekli?

Odmahnula sam glavom.

— Pa, verovatno su u žurbi zaboravili da pomenu, ali kao što rekoh nećeš ni primetiti da je tu. Koliko znam dolazi samo da prespava, a ponekad ni to. Nije da tračarim o gazdi, ali tako sam čula od čuvara — došapnula mi je.

Nasmešila sam se i klimnula glavom kao znak da čuvam njenu tajnu.

— Ukoliko ti nešto bude potrebno imaš ovde sve brojeve, na ulazu u kompleks je čuvar kako si videla, ovde ti je i njegov broj, frižider sam ti napunila za prvo vreme, a kasnije ću ti objasniti gde možeš u blizini nabavljati namirnice ukoliko budeš želela sama da kuvaš, a uvek možeš ručati i u našem restoranu iznad kancelarija... pa želim ti ugodan boravak — raširila je ruke i krenula ka vratima. Pošla sam za njom da je ispratim.

— Hvala ti još jednom na svemu, vidimo se sutra — dobacila sam joj dok se spuštala niz stepenice, i bacila pogled ka drugim vratima pre nego sam zatvorila svoja. Neki mi se nemir uselio u srce otkad sam saznala da će mi Aleksander Hart biti tako blizu.

Ostatak dana iskoristila sam da raspakujem svoje stvari i priviknem se na svoj novi dom. Nakon toga sam sebi dozvolila maksimalno opuštanje u kupki spremajući se fizički i psihički za predstojeći period i pokušavajući da izbacim svu napetost današnjeg dana koja se skupila u meni. U bademantilu došla sam do kuhinje da skuvam sebi kafu. San mi nije dolazio na oči i to su bili momenti kada bi mi uglavnom nailazila najveća inspiracija za crtanje, što sam htela da iskoristim. Prva zabeleška koju sam napravila je kupiti još filter kafe. Nje je bilo najmanje, dok je čajeva bilo u svim varijantama, kao i čajnik. Nasmejala sam se sebi, u Turskoj si, ovde se pije čaj... ceo dan, ne samo u pet kao u Britaniji.

Sa šoljom kafe u rukama, blokom i olovkom ušuškla sam se na garnituri na balkonu. Vazduh je bio tako lep i blago topao. I kao što sam i pretpostavila, insipracija mi je došla i krenula sam da pravim skice. Bolje nego ikada.

5

- Ajla -

Ne kažu uzalud da vreme najbrže prolazi kada se najbolje osećaš. Nisam mogla da verujem da je već deset dana prošlo. Mada sam se osećala kao da sam ovde već par meseci. U prethodnim danima sam vreme uglavnom provodila sa majstorom Alijem. Bilo je zadovoljstvo ne samo raditi sa njim već ga i slušati. Možda jer nikada nisam imala prilike da imam dedu, a on mi je baš tako pristao srcu. Pričao je tako mudro i poučno i uvek bi me ostavio zamišljenu, svaku je stvar sagledao iz više uglova i za svaku lošu nalazio dobru stranu. Zaista smo se zbližili, toliko da sam čak uživala i da popodnevne sate kada bismo završili sa poslom provodim sa njim pričajući dok je pio čaj na svojoj terasi. Ja sam se još uvek držala svoje kafe.

— Srce ne traži ni kafu ni čaj, srce traži društvo. Sve ostalo su izgovori — rekao je.

Zbližila sam se sa Asli, provodila vreme za ručak sa njima. Takođe, jako prijatan računovođa u firmi, Mert, bio je i više nego zabavan i odlično društvo. Bilo mi je jako ugodno sa njima. Asli me je uputila jednog poslepodneva po okruženju, tako da sam se sada već snalazila kada mi nešto zatreba, a dogovorili smo se i za izlaske u predstojećim vikendima.

Večeri sam provodila opuštajući se na balkonu sa svojim skicama. Slušala sam savete majstora Alija i sve više napredovala. I sama sam videla promenu. I moji roditelji su videli sreću na mom licu kada bismo se čuli i konačno odahnuli.

Aleksa nisam viđala, i baš sam pomislila da je Asli u pravu i da sam uzalud brinula jer se zaista nećemo sretati, saznala sam da je na službenom putu i da je verovatno to razlog što ga nisam viđala. Ipak, nadala sam se da će tako i ostati.

Nada mi je međutim bila kratkog daha, tačnije do momenta kada sam sada već opuštena na terasi u bademantilu sa nogama podignutim da naslonim blok dok crtam, perifernim vidom spazila neko pomeranje u levom uglu i naglo refleksno odskočila vrisnuvši. Bila je to senka. Da, Aleksova. Stajao je na svom balkonu sa šoljom u ruci gledajući u mom pravcu namršteno kao da se pita šta mi je. Iako je bio na nekih verovatno deset metara od mene, mogla sam mu videti te strele u pogledu. Pa, očigledno ni on nije bio srećan što sam ovde. Verujem da ga je moj vrisak... iznervirao?

Krajnje nevoljno mi se obratio.

— Sve u redu?

— Ddda... jeste, oprosti, samo nisam nikog očekivala da se pojavi pa sam se zbunila.

Samo je klimnuo glavom, pogledao ispred sebe, a onda se vratio unutra. Ubrzo sam čula zvuk zatvaranja vrata i korake. Pretpostavljam da je otišao na plivanje ili vežbanje. Pogledala sam u telefon i videla da je već sat posle ponoći. Očigledno sam izgubila pojam o vremenu, pa sam požurila ka krevetu.

Narednog dana majstor Ali i ja smo radili u njegovom studiju na novoj kolekciji večernjih i svečanih haljina koju je spremao i koja bi trebala biti predstavljena narednog meseca, kada je ušao, opet kao medved, Aleks. Pogledao me je tako intenzivno da mi je olovka kojom sam imala običaj da upletem kosu spala. Nije mi se obraćao, samo je gledao. Ja sam isto tako bez pardona blenula u njega da mu stavim do znanja koliko je to neprijatno, i upitno podigla obrve. Majstor Ali je gledao između nas dvoje kao da prati teniski meč, ne prekidajući zaglušujuću tišinu.

— Stari... — rekao je, još uvek gledajući u mene da bi tek nakon nekoliko sekundi prebacio pogled ka njemu. — Imaš li crteže koje treba da pošaljem Serđiju?

Ali me je zamolio da ih donesem iz kuće i ja sam se naravno odmah uputila po njih.

- *Aleks* -

Ova me je devojka iz nekog razloga izluđivala. Okupirala je svuda moj prostor. Kao da je malo što je osvojila srce mog starog Alija koje je imalo mesta samo za mene nego je moram gledati i u apartmanu. Nešto mi u vezi nje nije davalo mira.

— Aleks, sine! — trgnuo sam glavom na zvuk Alijevog glasa i tek tada shvatio da gledam u pravcu u kome je ona nestala otišavši po te crteže. — Šta se to dešava sa tobom?

— Ništa, zašto pitaš?

— Aleks, ne poznajem te od juče, vidim da te nešto muči. Uostalom tvoj pogled je više nego neprijateljski. Je li se nešto dogodilo između tebe i Ajle a da ne znam?

— Ne, ništa se nije dogodilo, čak je nisam ni viđao... samo mi se prosto ne sviđa. Ima nešto u njoj što mi unosi nemir, ne znam... — slegnuo sam ramenima kao da i nije bitno. Ali se smejuljio za sebe.

— Možda zato što si navikao da ti se devojke bacaju pod noge, a sada to nije bio slučaj?

Frknuo sam u znak neodobravanja.

— Ona... i da mi se baci pod noge verovatno bih je pregazio i ne primetivši je.

Ali je samo klimnuo glavom kao da mu je poznato o čemu pričam. A onda se ona konačno pojavila sa tim crtežima i izašao sam.

6

- Ajla -

Dani su se nizali jedan na drugi, svakog sam sve više učila od Alija, kako o dizajnu, tako i o životu. Druženja sa njim postajala su mi sve zanimljivija. Bio je hodajuća enciklopedija. Kako mi je i sam rekao oduvek je voleo da čita, sve ga je zanimalo, a omiljeni predmet istraživanja bili su mu radovi Mevlane Rumija. „Njegova bi dela trebalo uvrstiti kao predmet u školama", govorio je.

Njegov studio u kome smo zaista stvarali čaroliju bio je neverovatno prijatan. U današnje vreme sve je podložno kompjuterizaciji, čuvena digitalizacija zavukla se u svaki kutak društva, svako zanimanje... i koliko god to olakšavalo posao nije imalo dušu. U studiju majstora Alija sve je bilo tradicionalno namešteno. Koliko god i sam koristio neke od modernih tehnika crtanja koje je usvojio vremenom, nikada se nije odrekao tradicionalnog i to je ono šta je krasilo svako njegovo delo. Imao je staru mašinu za šivenje koja bi se mogla komotno uvrstiti među antikvitete, ali je i dalje radila. Nije je koristio često, ali je voleo katkad da se zabavi njome. Sam je krojio svoje unikatne modele. U fabriku je išlo samo ono što je za masovnu proizvodnju. Sve ostalo radio je ručno i sa velikim uživanjem. U svaki je model utkao dušu, tako da haljina nosi vas, a ne vi nju. Bila sam opčinjena načinom na koji je radio i trudila se da upijem i usvojim svaku sitnicu.

Aleksa sam viđala sporadično, tu i tamo. Taj mi je čovek bio enigma. Primetila sam da ima neki posebno blizak odnos sa Alijem, ali nisam ulazila u to. Ponekad bih ga videla na balkonu, ali bi se brzo povukao, sretala u firmi ili bi se sreli kod Alija. Uglavnom je bio odbojan, par puta na moje opšte zaprepašćenje ljubazan, ali bi se brzo vratio svom namrgođenom „mood"-u. Ipak, ni nakon skoro mesec dana koliko sam ovde, još ga nijednom nisam videla da se nasmejao.

Ali je insistirao da napravimo pauzu za odmor iako smo naporno radili da stignemo da završimo kolekciju koja će biti predstavljena kroz par dana u Izmiru. Donela sam sebi kafu i njemu čaj i dok sam držala šolju gledala sam kroz prozor ka dvorištu, te ugledala Aleksa kako ide ka glavnoj kapiji. I hod mu je bio bogat. Kao da se i drveće sklanja u stranu kada on prolazi. Odiše snagom.

— Nešto se dešava napolju?

Ali me je uhvatio i trgnuo iz misli. Pokušala sam da zvučim nehajno, što je i trebalo da budem.

— Ne, samo sam odlutala malo s mislima — odmahnula sam rukom. Malo se podigao i video šta je, to jest ko mi je na vidiku, ali se potrudio da suspregne osmeh.

— Čovek samo srcem dobro vidi, bitno je očima nevidljivo — bacio je reči kao i uvek u vazduh kao da nemaju nikakvu težinu, a imale su je, uvek. Što me je nateralo da se zamislim, opet kao i uvek posle njegovih reči.

Hoće li da mi kaže da je sve ovo Aleksova maska? Pa čak i da je tako, što bi mene to doticalo. Nije da imam neke veze sa njim sem poslovne, a kao muškarca ga svakako ne gledam. Ja sam sa muškarcima završila! Svi su isti. U stvari, kada malo bolje razmislim, čak su tipovi popout Aleksa iskreniji, bar znaš da nemaš šta dobro da očekuješ, za razliku od onog kretena koji je glumio sveca, a ispao gad. Stresem se svaki put na pomisao na njega. Neka je proklet. Želeći da brzo promenim tok misli, vratila sam se na razgovor sa Alijem. Moje dalje poricanje bilo bi nepoštovanje njega jer je video šta gledam pa sam prihvatila svoj poraz.

— Samo sam se pitala da li se ovaj čovek ikada nasmejao? Kad god sam ga srela uglavnom je bio namršten.

Ali se nasmešio, ali ovoga puta sa setom u glasu i pogledu.

— Uznemirujuće emocije ponekad umeju da sakriju suštinsku dobrotu kao oblaci sunce.

Znala sam da mi je opet rekao više nego što se činilo, i da postoji neka priča, neka očigledno teška priča iza Aleksa Harta koja ga je dovela dovde, ali nisam htela da kopam ni ispitujem više od onoga što bi mi sam Ali rekao. Poštovala sam tuđu privatnost. Zato sam samo klimnula glavom. Uostalom, i sama znam šta znači kada krijete emocije iza hladnog zida. Bes, frustracija, izdaja… polako su me lomile, dok sam se ja smejala. On je samo izabrao drugo oružje.

— Poznato mi je to — tiho sam rekla i Aliju je bilo jasno da i ja imam neko breme sa sobom, neke sitne rane koje zarastaju, ali ni sam nije hteo da kopa dublje, ostavio je meni izbor. A ja nisam želela da pričam o tome. Ne sada. Ne nikada više.

Dovršavali smo glavni model, bila je to elegantna večernja haljina, zlatne boje, optočena cirkonima, spuštenih naramenica sa pristojnim dekolteom, koja pada do poda, uska u struku a od kukova se širi i ima otvoren šlic na prednjoj strani do polovine butine. Izgledala je zaista moćno. Udaljila sam se unazad da pogledam šta još od detalja nedostaje dok je stajala na lutki, kada mi je Ali ukazao koji deo treba premeriti i ja sam i dalje gledajući pružila ruku unazad da dohvatim krojački metar koji je bio okačen iza, ne okrećući se.

Ono što nisam čula ni videla je da je Aleks ušao u prostoriju i stajao tik iza mene. Ono što sam ja u tom trenutku vukla bila je njegova kravata. S obzirom da je negde zapelo i da sam uočila majstor-Alija blago raširenih usta kako gleda iza mene i sama sam se okrenula. Preda mnom je bio Aleks, u crnom odelu i beloj košulji sa crnom kravatom, u mojoj ruci, sa rukama u džepovima, koji me gleda znatiželjno i podiže obrvu u tom momentu. Moj šok, međutim, nije učinio da se oduzmem kako bi pretpostavljam bilo normalno, već sam refleksno povukla kravatu ka sebi, čime sam ga približila sebi gotovo koliko za poljubac.

Cimnuo je kravatu iz mojih ruku i vratio je na mesto dok sam ja i dalje stajala, pa da… znala sam da je trebalo da se ukočim samo je to došlo kasnije, evo upravo sada.

— Jasno mi je da niste moj obožavatelj, gospođice Miler, ali nisam očekivao baš ni da ćete me daviti — rekao je osorno.

— Ja… ja… samo sam htela da dohvatim… nisam čula… nisam znala da si… — dok sam ja pokušavala da se spasem većeg blama tonula sam sve dublje kao u živo blato. — Metar! — pokazala sam rukom iza njega na metar koji je nekim čudom visio sa vrata ormana. Bila sam ubeđena da je zakačen na lampi tik uz njega. — Htela sam da dohvatim metar — rekla sam prolazeći pored njega i uzmajući metar a potom se uputila ka modelu.

— Da, lako se pomeša sa kravatom.

OK, neće odustati, iskoristiće ovo da mi nabije na nos. Uzdahnula sam i podigla se iz čučnja pa se ponovo okrenula ka njemu.

— Gde još ima tako uskih kravata? Nije standardne širine — pokušavala sam da pričom nađem sebi opravdanje i završim ovaj mučni razgovor, ali mi je išlo baš teško.

— Da, pa sledeći put ću te konsultovati oko debljine… čisto radi sopstvene bezbednosti — rekao je i nastavio ka Aliju, pozdravio ga je zagrljajem, a onda seo za stočić nasuprot njega. Vratila sam se u čučeći položaj pokušavajući da se setim šta je trebalo da izmerim, jer me je totalno izbacio iz ravnoteže. U svakom slučaju je bolje da ostanem tu, vrzmajući se oko haljine dok još uvek crvenim zbog svog ispada, bar dok ne ode.

— Stari, imamo problem, hteo sam da te konsultujem.

Ali je odmah promenio izraz u zabrinut i pomno ga pratio klimajući glavom.

— Manekenka koja je trebala da ponese glavni model se povredila i neće moći da učestvuje. Da li imamo dovoljno vremena za prepravke mera da pozovem Lauru da uskoči?

— Uh, nezgodo zaista. Ali zar ona nije u Italiji?

— Jeste, ali zbog mene bi došla ako je zamolim, naravno platio bih to...

— Naravno da bi došla... — čula sam sebe kako mumlam, a onda su me obojica pogledala upitno, kada sam shvatila da sam to izgovorila naglas, ne u sebi i dovoljno glasno da se čuje.

— Nešto si rekla Ajla? — Aleks je upitao zajedljivo, jer je odlično čuo šta sam rekla dok se Ali smejuljio.

— Mere! Govorim mere naglas da ne zaboravim dok ne zapišem.

Srećom, nije se dalje upuštao u nadmudrivanje sa mnom. Verovatno jer je imao pomenuti problem da reši, inače ne sumnjam da bi mi posvetio vremena da se naslađuje mojom sramotom. Zato je vratio pažnju na Alija koji je razmišljao.

— Ono što me plaši je da li će imati dovoljno vremena. Mogu potražiti i neku drugu, ali mi već prekosutra moramo biti tamo, a ne znam ni koliko će njoj biti potrebno vremena da dođe i da li će stići na probu i potrebne prepravke. Hteo bih da znam kojim vremenom raspolažemo pre nego je nazovem?

— Sve je to previše rizično — Ali je razmišljao zabrinuto i pokušavao da nađe rešenje. — U stvari, imam mnogo bolju ideju! — naposletku je rekao sa osmehom.

— A to je? — Aleks je čekao nestrpljivo.

— Ajla će je nositi! — rekao je to ponosno se uspravivši i pokazavši rukom ka meni, kao da je to najlogičnija i najnormalnija stvar. Nije se znalo ko je u većem šoku, ja ili Aleks. I ko će prvi negodovati.

— Ne misliš valjda ozbiljno?

Naravno da će on, pomislila sam. Rekao je to zblanuto kao da je to najodvratnija stvar koju je ikada čuo. U svakoj drugoj situaciji bih se namerno nameračila da uradim upravo to jer ko je on da me tako omalovažava, ali ne i u ovome. Ja jesam bila dizajner, mogla sam dizajnirati neverovatne komade odeće, haljina, večernjih, ležernih, elegantnih... ali sama se nikada nisam snalazila u njima. To je trebalo umeti izneti. A ja sam uvek bila za sportsku varijantu. Uglavnom ste me mogli videti u farmericama, patikama, majici, zimi u džemperićima. Čak i kada sam morala prisustvovati nekom svečanijem događaju moj je stil bio više u rangu sportske elegancije, nikada nisam nosila takve toalete. Uostalom, nisam manekenka. U redu, imam dobru liniju, ali daleko od toga da imam taj stav i držanje koje je potrebno. Naravno da neću moći.

— Zašto da ne? — Ali je dodao, sada još više oduševljen idejom. Morala sam da se umešam.

— Zaista mi je čast da ste tako nešto i pomislili, ali to zaista neće biti moguće.

Aleks je potvrdno klimnuo glavom i pokazao mu rukom ka meni, kao da kaže „tako je, slušaj je", što je raspirilo moj bes ka njemu. Ponašao se kao da je prvi put čuo da kažem nešto pametno.

— Zašto ne bi bilo moguće? Ne znam zašto mi to i pre nije palo na pamet. Ti si radila na njoj, ko bi bolje znao da istakne sve ono što je bitno.

— Ne, ali ja nisam manekenka, zaista ne mogu. Ja ih mogu stvarati, ali ih nikada nisam nosila, to jednostavno nije moj stil... tako nešto treba umeti izneti.

— Gluposti! Naravno da ćeš umeti da izneseš! Ja u to uopšte ne sumnjam. Čak i bolje što to nije profesionalni model. To je to! Odlučio sam. Ja sam ovo kreirao, ja odlučujem. Stvar je rešena, problema nema — odmahnuo je rukama kao da je rasprava gotova dajući znak da je to njegova poslednja.

Koliko god se Aleks i ja trudili da ga ubedimo u suprotno bilo je uzalud. Na kraju smo se oboje složili sa neizbežnim. I oboje sa strahom kako će to izgledati.

Izašli smo zajedno od Alija i uputili se ka apartmanima. Ali je ostao u odličnom raspoloženju dok smo se mi kretali u istom smeru, zajedno, a svako sa svojim mislima. Nismo čak ni otpozdravili jedno drugo kada je svako došao do svojih vrata. Ali smo ih zalupili istovremeno.

7

- Aleks -

Nisam bio zadovoljan rešenjem koje je stari našao. Ono što nisam želeo da priznam, čak ni sebi, je da se nisam samo plašio da bi neko bez iskustva mogao sve pokvariti. Iza toga i dalje stojim i neka nam je Bog u pomoći kako će sve to proći. Međutim, veći strah sam imao da provodim vreme pored te žene. Razlikovala se od svih ostalih koje sam do tada sreo i imao u životu. Nije da nisam mogao naći i takav profil, ali nisam želeo. Davno sam doneo tu odluku. Ne znam ni da li sam uopšte o tome razmišljao. Prosto sam znao da ne želim nikoga u svom životu za koga bi se vezao. Zato sam birao devojke koje su bile tu kratko, dovoljno da zadovolje cilj. To ne znači da sam ih menjao svake večeri. Bilo je žena sa kojima sam se viđao neki period. Ali onog trenutka kada bih shvatio da počinje da se vezuje za mene ja bih iz te nazovi veze izašao. Otišao. Bez objašnjenja. Samo bih prekinuo.

Što sam više nekoga upoznavao, više sam osećao teret očekivanja, pritisak prošlosti. A ja svoju prošlost nisam voleo i nisam želeo da joj se vraćam. Isto tako nisam se mogao od nje ni otkinuti. Ako su me odbacili oni koji su me trebali bezuslovno, bezupitno voleti, kako bih mogao očekivati da će neka neznanka da me prihvati takvog kakav jesam.

Ajla je pretila svojom prirodnošću, spontanošću, opuštena, borbena, ponosna... bila je sve što bi jedan muškarac poželeo za sebe kroz život.

Doduše, mogao bih sa sigurnošću reći da ona nije zainteresovana, što je dobro. A opet, možda je upravo to ono što me vuče. Navikao sam da mi se žene bacaju pod noge. Kako god, distanca koju sam se trudio da održim sada je narušena. Ne mogu provesti tri dana pored nje i ne progovoriti ni reč. Ali mogu tu komunikaciju ograničiti na strogo poslovnu. Uostalom, stari će biti tu, nije da ćemo biti sami pa da moram sa njom da razgovaram.

Potrudio sam se da sve svoje obaveze završim do poslepodneva. Ujutru ćemo ranije krenuti za Izmir kako bismo sve pripremili i želeo sam da se odmorim pred put, možda otplivam par dužina kako bih se opustio. Svratio sam do Alija da se dogovorimo oko detalja. Čekao sam da Ajla ode, izbegavao sam svaki susret koji sam mogao. Zatekao sam ga na njegovom starom mestu, nadgledao je svoju baštu uživajući u čaju. Okrenuo se na zvuk vrata koja je vetar za mnom zatvorio.

— Ti si sinko... — nasmešio mi se i vratio pogled napred.

Zavalio sam se u stolicu za ljuljanje koja je stajala na terasi, zabacivši glavu unazad, zatvorio sam oči, olabavio kravatu i nesvesno sam uzdahnuo.

— Nešto te muči? — upitao je namršten.

Još uvek nisam otvarao oči. Ovaj osećaj makar prividnog spokoja koji sam uz njega osećao nikada nisam lako puštao, a sada mi je potreban više nego ikad.

— Misliš da će ovo uspeti? — uzvratio sam.

— Ne bih predložio da nisam tako mislio, znaš me.

Klimnuo sam glavom.

— Zabrinut si zbog toga?

Pogledao sam, a potom okrenuo glavu ka njemu gledajući ga baš tako, zabrinuto.

— Neću ti lagati, nisam opušten i prvi put nisam siguran da ćemo uspeti. Veliki je rizik, stari. Ona je odličan dizajner, OK i ja to priznajem, ali nije model. Šta ako nešto krene naopako? Ne znam... šta ako se spotakne? Ako napravi neki gaf?

— Ko radi taj i greši. Biće onako kako treba da bude. Prirodno. Savršeno je neprijatelj dobrog. U težnji za savršenim gubimo iz vida ono što je dobro iako nam je pred očima.

— Nikada nisam dovodio u pitanje tvoje odluke, nikada nisu bile pogrešne, ali nije trebalo da se zalećeš sa tom idejom. Mogao sam uzeti iz bilo koje druge agencije manekenku koja bi to odradila profesionalno.

— Zaleteo sam se, u pravu si, ali kada sam dobro promislio, još više sam bio siguran u svoju odluku. Uostalom, neka krene i po zlu. Šta je najgore što se može desiti?

Nasmejao sam se ironično.

— Da se obrukamo? Da nam propadne kolekcija?

— Ako ljudi smatraju da bi se trebali smejati prvom neuspehu u četrdeset godina neka im je alal! Bojiš se gubitka prihoda? Da li ti je zaista potrebno još?

— Znaš odlično da se bojim da neko ne uprlja tvoje ime ni na koji način. To već ne bih mogao da ostavim nekažnjeno i nisam siguran da ne bih odreagovao burno. Prihod je tu najmanje bitan, ali naravno da bi uticalo na moju poslovnu reputaciju.

— Aleks, sine... mnogo bitnija mišljenja i blaćenja sam u ovom životu pretrpeo, da bih se potresao zarad mahalskih priča i ogovaranja. Ako ih nema, izmisliće ih, ljudi su to. Čekaju tuđe greške da bi pravdali svoje. A to važi i za tvoju reputaciju.

— Ja samo ne vidim razlog da sve to stavljaš na kocku sada zarad nekog koga jedva poznaješ.

— Podsetiću te da ovo ne radimo mi zbog nje, nego ona zbog nas. Nije ni ona oduševljena ovom idejom, ali je pristala da ispoštuje moju želju.

Klimnuo sam glavom jer znao je da sam na svaku njegovu želju bio slab i da za to nikada neću imati protivargument.

— Da li te plaši nešto drugo?

Suviše me je dobro poznavao da bih bilo šta mogao da sakrijem od njega. Ali ovo sam sakrio i od samog sebe, tako da nije bilo načina da mi izvuče to.

— Ne, samo to, bojim se gubitaka koji bi nas mogli zadesiti.

— Stvorio si imperiju koja sama za sebe radi. Da više ni novčića ne uložiš imao bi od čega da živiš narednih pedeset godina. Čak ni takav gubitak ne bi te taknuo. Pitanje je: kome ćeš ga ostaviti?

Zakolutao sam očima i podigao ruke u vazduh, a potom ih teatralno pustio.

— Kako si me opet navukao na tu temu? Ne odustaješ?

Vrteo je glavom u neodobravanju.

— Nikada! Ne dok ne shvatiš. Porodica je sve i bez nje je sve ovo ništa. Godinama se ubijaš od posla. Gradiš, stvaraš, juriš... kada ćeš početi da živiš?

— Pa živim... sve to vreme živim!

— To nije život. To je preživljavanje, bez obzira na svo tvoje bogatstvo, ti ne živiš, preživljavaš dane.

Gledao sam namršten napred držeći ruke ispred sebe stegnutim jednu u drugu.

— Trebao bi stvoriti porodicu Aleks, imati naslednika ili naslednicu. Ne zato što tako treba, već da bi osetio tu sreću...

Skočio sam i krenuo korak napred uhvativši se rukom za stub, okrenuo mu leđa borivši se sa suzama koje su mi se skupljale u očima.

— Ne! Ne! Znaš šta mislim o tome! Šta ako... šta ako sam ja isti kao oni i ne mogu da volim... ne želim da niko preživljava ono što ja nosim na duši ceo svoj život.

— Ali nisi! Sama činjenica da razmišljaš o tome da ne bi želeo nikoga da povrediš govori da nisi kao oni, da imaš osećanja. Nemoj ih gušiti u sebi. Pusti ih. Ti umeš tako lepo da voliš, ja sam se u to uverio, ti nisi bezdušan kao tvoji roditelji.

— Oni nisu moji roditelji! Nemoj ih tako zvati, ne zaslužuju to. Moji jedini roditelji ste ti i mama Esma — na njen pomen oči su me zapekle još više. — A čak me je i ona napustila — rekao sam tiho. Delom da mi ne čuje suze u glasu, delom jer nisam želeo da to bude istina. Ali je ustao i došao do mene uhvativši me za rame.

— Ona te nije napustila. Nikada to ne bi učinila svojevoljno. Bog je uzeo sebi. Živela je za svaki tvoj osmeh. Ona bi bila jednako tužna kao i ja da te gleda samog.

To me je konačno slomilo i pustilo suze van iz očiju. Kao i uvek, bile su tihe i gorke.

— Nisam sam... — rekao sam još tiše. — Imam tebe.

— Imaš, ali ni to neće biti zauvek. I da bude, to nije osećaj kao kada bi stvorio svoju porodicu.

— Ne želim drugu porodicu, rekao sam ti. Dovoljno mi je sve što imam. I više nego dovoljno.

— Imaš novac, moć... ali nijednu ženu nisi zadržao uz sebe.

— Ne želim da se vezujem ni za koga, znaš to.

— Znam, i godinama to pokušavam da ispravim.

— Nema svrhe, stari, ne troši reči uzalud. Neću promeniti odluku. Ne želim više nikoga da ispraćam. A svi će jednom otići.

Opet je tužno odmahivao glavom. Za sve ove godine ne znam koliko je puta vodio ovakve razgovore sa mnom, iako sam usvojio gotovo sve njegove savete u ovo me nikada nije mogao ubediti.

Neki ožiljci bole više od samih rana. Trebalo je da vremenom prebolim, zaboravim. Ali je sa godinama bivalo sve gore.

— Vidimo se ujutro. Poći ćemo oko osam, nakon doručka.

Krenuo sam ka vratima. Ono što sam čuo iza sebe nimalo mi se nije dopalo.

— Ja neću ići — rekao je kao da je to potpuno normalno.

— Kako to misliš nećeš ići? — vratio sam se namršten nadajući se da sam pogrešno čuo.

— Neću moći, imam... imam neki sastanak sa jednim starim prijateljem kojem dugujem uslugu, a sada mu je potrebna moja pomoć. I to baš sutra. Neću moći da krenem sa vama. Ali tebi svakako nisam ni potreban, a verujem da će se i Ajla snaći. Ako budu imali kakvih pitanja oko dizajna, ti ćeš joj svakako biti tu za svaku pomoć — podigao je obrve kao da o tome nema rasprave.

— Ne možeš mi to uraditi. Ko će izaći na kraju revije da se pokloni? Krenuće špekulacije da si se povukao... ja... ja... ne mogu sve to žonglirati.

— Pobogu, Aleks... ovo nije prva revija kojoj nisam prisustvovao, šta je sa tobom?

— Dobro, možda, ali ovo je ipak drugačije, već je dovoljno veliki rizik što puštamo amatera da nosi centralni model, računao sam da ćeš biti tu ako nešto krene po zlu...

— Ne prizivaj više to zlo... uostalom, imaš već dovoljno iskustva sa njim, ja u tebe uopšte ne sumnjam — namignuo mi je i stavio tačku na priču. Ponovo.

Video sam da nema svrhe dalje se raspravljati pa sam odustao. I dalje namrgođen gledao sam ga u oči ali sam video da nema mesta promeni.

— Laku noć — naposletku sam rekao i krenuo nazad. Pošao je da me isprati do vrata.

— Sine... svako bi se dohvatio sočne breskve, ali koliko god one lepe i sočne bile, unutra je tvrda koska. Ako te žudnja ponese i jako zagrizeš možeš slomiti zub. Sa jagodom već nemaš taj problem. Ali jagoda nije za svakoga. Ima dosta alergičnih na primer, znaš... — namignuo mi je i sa smeškom zatvorio vrata dok sam ja ostao kao kip da obrađujem ono što mi je u stvari rekao. Govorio je o ženama. Nasmejao sam se sam za sebe, odmahnuo glavom i sa svojim mislima krenuo ka apartmanu.

Misli su mi se kovitlale od brige oko predstojećeg plasmana, razgovora sa Alijem, ponovnog vraćanja u prošlost... Onaj osećaj napuštenosti kojeg nikada neću moći da se otresem... glavobolja se samo povećavala.

Napolju je bilo toplo, ali ja sam opet osećao onu hladnoću kao te noći. Nijedno sunce za ovih trideset godina nije uspelo da mi ugreje dušu, ne taj deo, a on je hladio i ostale delove moje duše, one koji su predviđeni za ljubav, za porodicu o kojoj stari priča.

Izgubljen u mislima, bacio sam kravatu i sako čim sam ušao u stan, natočio sebi piće, izašao na balkon i duboko udahnuo, a potom potegao viski koji sam nasuo. Zvuk cepanja papira sa desne strane me je naterao da se trgnem i usmerim pogled ka njemu.

Bila je tamo. Ajla. Sa tucetom zgužvanih i bačenih papira oko sebe. Olovkom upletenom u kosu, jezikom koji je virio na ivici donje usne, sva predana u crtanju. Onda je, ne skrećući pogled sa crteža odmakla papir i gledala ga malo izdaleka dok je rukom dohvatila sa stola jagodu i stavila je u usta.

Mora da sam ispustio zvuk mada toga nisam bio svestan pa je podigla glavu i pogledala ka meni.

— Zdravo — rekla je zbunjeno i postidevši se jer priča punih usta, pa je brzo stavila ruku preko njih pokušavajući da što pre sažvaće. Klimnuo sam glavom nesposoban da bilo šta izgovorim.

— Jesi li za jagode? — podigla je činiju i usmerila je ka meni.

— Ne! — rekao sam odsečno i na trenutak se izgubio. — Alergičan sam! — dodao sam i vratio se unutra.

Preturao sam se po krevetu i nisam mogao da odlučim šta je gore — to što su mi se crne misli raspršile ili to što je prizor kome sam svedočio maločas na terasi kriv za to.

Jer više nije bilo moguće izbaciti ga iz glave.

8

- Aleks -

Jutro me je zateklo još napetijeg uzimajući u obzir ne samo predstojeću reviju već i činjenicu da ću morati da provedem u putu četiri sata vožnje sa Ajlom. Iako sam se, sa godinama u poslovnom svetu, naučio takozvanom pokeraškom izrazu lica, ovog puta se nisam trudio da sakrijem svoje nezadovoljstvo, ni najmanje. Moje je lice bilo namršteno od trenutka kada sam ustao. Ali, da me je neko pitao zbog čega sam besan, ne bih imao odgovor.

Ajla je pomno čekala spremna kada sam sišao, ništa manje napeta. Biće ovo dugih, možda i najdužih četiri sata ikada. Dobro, osim ako izuzmemo ono vreme, onu noć kada sam ostao sam. Možda je bilo četiri minuta, sati ili dana, meni su se činili kao večnost.

— Dobro jutro — rekla je kada sam joj otvorio vrata automobila.

Ona nije ništa kriva, podsećao sam sebe, trudila se da bude makar kulturna ako ne i ljubazna za razliku od mene koji sam je jedva otpozdravio klimanjem glave. Tišina se spustila na nas i niko nije progovarao ni reč sve dok se nismo izvukli iz grada i krenuli put Izmira.

Zavukao sam se u svoj oklop i družio sa svojim mislima, mentalno prelazeći u glavi još jednom po planu i programu, ljudima sa kojima bih se trebao sastati, trudio se da se fokusiram samo i isključivo na svoje obaveze. Jer to je ono što najbolje znam, ono u čemu sam najbolji, poznati teren, sigurna pobeda... kada mi je pažnju skrenuo glas.

Na radiju se vrtela neka turska numera, do tog trenutka nisam ni obraćao pažnju da li je upaljen, ali sada sam bez sumnje čuo još jedan glas uporedo sa pesmom i to me je nateralo da se okrenem ka izvoru, pogađate ka Ajli. Pevušila je zadubljena u misli gledajući kroz prozor. Mogao sam to tako i ostaviti, nije da mi je smetala, ni najmanje. Međutim, pre nego sam dva puta razmislio već sam čuo svoj glas.

— Poznaješ tursku muziku? — upitao sam, napola zbunjen, napola znatiželjan. Nasmejala se, tek onda postavši svesna da je pevala naglas i shvativši da je neko čuo, postidela se.

— Neke pesme... dopada mi se taj opus, dopada mi se orijent Istoka, samim tim i muzika.

— Otkud toliko interesovanje za Tursku?

— Moja mama je Turkinja, pretpostavljam odatle, mada nikada nisam živela ovde. Bili smo svega par puta za sve ove godine, i to uglavnom u Istanbulu, i jednom u Bursi kod mamine stare prijateljice.

Načuo sam od Alija da ima poreklo ovde, ali se nisam dublje upuštao u priču. Nisam dozvolio sebi da se zainteresujem. Ipak, sada bih pitao toliko toga.

— Znači, nisi bila u Izmiru do sada?

Odmahnula je glavom.

— Ne. Ovo će biti prvi put i jako se radujem. Bio mi je na popisu obaveznih poseta u narednom periodu. Čak sam razmišljala da leto provedem u Alačatiju. Odavno imam želju da ga posetim — pričala je kao opčinjena, iskreno se radujući. Izmamila mi je mali, jedva primetni osmejak.

— Dopašće ti se Izmir. Ide uz tebe.

Odakle je sad to došlo? I zašto sam to izgovorio naglas? Nije ništa rekla samo me je upitno pogledala.

Brzo sam promenio temu pričajući o reviji i tome šta nas čeka i šta je potrebno da uradimo, šta nju čeka od obaveza kao što je u prvom redu proba iz kojeg razloga i idemo ovoliko ranije. Trudio sam se da se zadržimo na neobaveznim temema, ali smo neminovno zalazili i u neke izvan posla kao što su škola, interesovanja, ideali... i bivalo je sve teže saznanje da se gotovo ne razlikujemo mnogo. Nisam znao gde bih to smestio u svojoj glavi.

— Imaš li tremu? — naposletku sam pitao. Uzdahnula je kao da će pući.

— Uh, veliku. Pristala sam na ovo zarad majstora Alija i daću sve od sebe, ali se bojim da će previše doći do izražaja da nisam u ovom delu profesionalac.

— Nemoj na to tako da gledaš. Od tebe se i ne očekuje da budeš kao profesionalni model i svi već znaju da nisi. Dobro, to će više oči biti uprte u tebe, ali prihvati ovaj koncept takvim kakav jeste, da smo išli na prirodnost i bez ikakve degradacije te reči „obične" žene, koje će na kraju krajeva to i nositi — sada kada sam to tako i sam koncipirao ideja je i meni legla. — Uostalom, ja ću biti tamo, možeš računati na moju punu podršku, nisi sama.

Dobro, ovo je bilo profesionalno sa moje strane, uvek sam bio i ljubazan i džentlmen, žene sam uvek poštovao i udovoljavao im. Samo im nisam verovao i nisam dopuštao sebi da ih volim.

— Hvala ti — rekla je sa osmehom. — To mi zaista puno znači.

- Ajla -

Iskreno, nisam se nadala da će mi ponuditi svoju podršku ni pomoć u bilo čemu bilo kada. Taj je čovek toliko mrzovoljan u mom prisustvu da mi je bilo teško zamisliti i da provedem četiri minuta sa njim u istom prostoru, da ne pričam koliko sam se psihički pripremala za ovo četvorosatno putovanje.

Iz nekog razloga do sada je prema meni pokazivao samo netrpeljivost. Obično takve ljude samo zaobiđem, ali ovog puta to nisam mogla.

Prosto jer sam tu gde jesam, jer je situacija bila specifična i jer sam zbog posla bila nužno upućena na njega.

Sa druge strane, želela sam da znam zašto? Po prvi put u životu sam želela da znam zašto je neko takav prema meni? Čime sam to zaslužila? I po prvi put sam želela da to, očigledno loše mišljenje, promenim. Da se dokažem. Stalo mi je do njegovog mišljenja i to je u stvari ono što me je zateklo i uplašilo. Zašto?

Put je srećom prošao dobro ili kako bi se reklo: „Kako sam se nadala, dobro sam se udala". Samo što se nisam udala, sva sreća.

Ono što je bilo lepši deo svega ovoga je to što konačno imam priliku da vidim Izmir. I fokusirala sam se na to. Želela sam samo da sve zbog čega smo tu što pre prođe i ugrabim slobodne trenutke da prošetam gradom. Nakon što mi je Aleks natuknuo da Izmir „ide uz mene", šta god to značilo, želja da upoznam ovaj grad bila je još veća. Kao i da saznam kakvo to on mišljenje ima o meni.

Smestili smo se u hotel u kojem će se i održati revija, što je bila olakšavajuća okolnost, Aleks me je poveo na probu i upoznao sa organizatorima, vođom programa i kompletnom ekipom koja je zadužena za ovaj događaj. Ljupka žena po imenu Lejla bila je moj vodič kroz ovo iskustvo i zaista se potrudila da mi olakša i pomogne u svemu. Pokazala mi je improvizovanu pistu po kojoj je trebalo da prođem kao i maršrutu i kako bi to trebalo da izgleda dok su u garderobi spremali haljinu i sve ono što je potrebno kako bih i sa njome prošla i privikla se na ovu putanju.

Dok sam ja sa njom razgovarala za oko mi zapeo Aleksander koji je stajao na drugom kraju prostorije okružen ženama. Nije slika koju do sada nisam viđala po raznim tabloidima i nije da me se tiče, ali nekako mi je to zasmetalo. Nisam mogla da definišem zašto ni kako. Možda zato što tabloidima nisam verovala, a sada se upravo uveravam da je istina. Začudo, on se smeje. Šta god da mu priča, smeje se. I ovo je prvi put da vidim da ima i zube, zamislite. Ruka jedne devojke je završila na njegovom ramenu i njemu to nimalo nije smetalo... ali meni jeste.

Šta je sa mnom? Mora da je od nagle promene klime. Prenula sam se u trenutku kada mi je Lejla zamahala rukom pred očima.

— Hej, da li me pratiš? Pominjala sam okret...

Zatresla sam glavom kao da ću tako oterati svoje misli od pre par trenutaka.

— Da, izvini, na tren sam odlutala, nastavi... u stvari možda bi bilo bolje da vidimo da li je haljina stigla i probamo sa njom.

Lejla je klimnula glavom.

— Aleks, mi ćemo biti u garderobi — doviknula mu je dok smo kretale ka vratima.

— Dogovoreno. Onda vam ja neću biti potreban, pa ću otići dalje — rekao je namignuvši joj i stavljajući ruku iza leđa devojke koja je išla pored njega, pa moram priznati i uz njega. I kud je nestala ona druga za tren? I zašto mene ovaj prizor nervira? Možda zato što se prema tebi ponaša kao da si trećerazredna kućepaziteljka? Dobacio mi je mali glasić iz glave. Da, zaista nije fer. I prvo što ću uraditi kada budem imala prilike je da ga pitam zašto je to tako. Ako sam zaslužila takvo ophođenje želim da znam zašto. Jer, očigledno zna za bolje.

Pitanje sam, međutim, odložila jer je nakon iscrpne probe kojoj onaj koji je trebalo da prati nije prisustvovao, jer je bio zauzet grljenjem izmirskih lepotica, uputila sam se ka sobi da se osvežim i uhvatim dan napolju jer je sunce još uvek bilo visoko. A ja sam želela biti još više. Na vidikovcu sa kojeg mogu posmatrati Izmir. Požurila sam ka liftu proveravajući još jednom u torbi da li sam sve ponela kada su se vrata lifta otvorila, a na njima je bio Aleks.

— Lejla mi je javila da je proba završena, krenula si negde? — pitao je jednako namršten kao i uvek, jednako nadmen i iritantan kada je u mojoj blizini, pa... kao i uvek.

— Bar si se raspitao — promumlala sam sebi u bradu više da bih dala oduška sebi nego što sam htela da on čuje, jer da sam htela rekla bih glasnije, zar ne? Ipak, izgleda da je bilo dovoljno glasno da me čuje. Nagnuo se ka meni sa rukama u džepovima.

— Nešto si rekla? — terajući me da ponovim što naravno nije dolazilo u obzir. Nabacila sam svoj najveći osmeh.

— Da, idem na Asansor[2].

— Sama? — pitao je gledajući me kao da imam dve glave.

— Zadnji put kada sam proveravala bila sam punoletna. I to je bilo baš davno.

— Ha-ha, pametna koliko i hrabra. Ne poznaješ grad, hoćeš li se snaći?

— Naravno da ću se snaći, uostalom Google mapa kaže da je jako blizu odavde, za par minuta sam tamo, neće mi biti potreban ni taksi.

Klimnuo je glavom i mislila sam da smo time završili. Zaokrenuli smo se i ja sam ostala da čekam lift dok je on krenuo ka sobi. Nakon dva koraka ne okrećući se mi je dobacio:

— Sačekaj me u holu, biću dole za deset minuta.

Namrštila sam se u fazonu: „Koji đavo?!", da bi se okrenuo i nastavio:

— Ići ću s tobom, nadam se da to neće biti problem?

Ostala sam zbunjena pokušavajući da razumem da li mi zaista ne veruje da ću se snaći ili prosto i sam želi da ide.

— Nije problem, naravno, sačekaću.

---

2 Asansor je istorijska građevina u kvartu Karataš u Izmiru; kula na čiji se vrh penje liftom daje neverovatan pogled na celi grad i more pred njim

- Aleks -

Reflektori su bacali sjaj na scenu, lampioni različitih boja pratili su me dok sam se kretao ka svom mestu u centralnom delu. Obično sam se kretao sa lakoćom dok su me usput zadržavali poznanici, poslovni partneri i fotografi. Ni ovog puta prizor nije bio ništa drugačiji nego mnogo puta do tada. Ipak, korak mi je ovoga puta bio težak. Kao da sam na leđima nosio breme večerašnjeg događaja.

Nije to bio strah da će Ajla pogrešiti, bio sam siguran da će to izneti kako treba, bilo je nešto drugo, nešto mi nije dalo mira, nešto što nisam ni umeo ni želeo da definišem. Klimao sam glavom sa osmehom pozdravljajući se sa svakim, a sve o čemu sam mislio je kada će se pojaviti i kada će se ova agonija završiti.

Kada sam se konačno smestio na svoje mesto čekajući početak revije, isključio sam se dok su blicevi sevali. Na video-bimu su se kretale slike različitih modela i samog grada, između ostalog i pogled sa vidikovca.

Slika me je vratila u jučerašnji trenutak koji sam se trudio da izbrišem iz glave, bezuspešno. Onda sam ceo dan proveo po sastancima odugovlačeći što sam više mogao samo da bih ispunio dan do ovog trenutka, ne dozvoljavajući sebi da razmišljam o drugim stvarima, osim posla. Sada nisam uspeo da dobijem rat u glavi, vratio sam se u taj trenutak.

Na vidikovcu. Dok sam ispijao kafu u kafiću pored, proveravajući svoj telefon, a Ajla neumorno slikala okolo, zvala majku na video poziv, pokazivajući joj prelepi pejzaž mora koje se protezalo u daljinu pod svetlima grada. Bajkovit prizor, zaista. Bila je toliko opuštena, nasmejana... zračila nekom pozitivnom energijom koja je bila zarazna.

Kada mi se konačno pridružila iz očiju joj je sevala opčinjenost. Pitao sam se da li bi, da sam to sebi dozvolio, mene ikada iko tako gledao. Sa toliko žara i oduševljenja. Nisam se mnogo razlikovao od ovog mora. I mene je život pustio da idem svojim tokom, niz vodu... Nisam želeo da priznam sebi, ali nikada se u svom životu nisam osetio kao u tom trenutku, tako slobodnim, laganim, opuštenim. Nisam želeo da priznam da mi je njeno društvo prijalo, na mnogo načina. Nisam smeo da se vežem za to.

Da sam bio na nekoj vrsti testa pao bih ga, jer nisam pratio šta se dešavalo oko mene i nisam ni primetio kada je već došlo vreme do poslednjeg izlaska, centralnog modela ove kolekcije. Do Ajlinog izlaska na scenu.

Svetla su se prigušila... imao sam utisak da je, pored sveg žamora i muzike, sve stalo. Da je bila potpuna tišina i da svi mogu čuti samo otkucaje srca. Tik-tak, sve jače. I to mojih otkucaja. Reflektor je uperen ka izlazu na scenu. I onda se pojavila.

Nisam je do sada viđao u ovakvom izdanju, u elegantnom izdanju, inače, bila je gotovo uvek sportski odevena ili u nekoj poslovnoj kombinaciji sportske elegancije. Ovo me je izdanje ostavilo zatečenog. Haljina joj je savršeno pristajala. Istaknuta na svim pravim mestima, elegantna, umereno izazovna, da pokazuje stil i raskoš. Kompletan dojam upotpunio je odličan izbor nakita i sandala zlatne boje sa dovoljno visokom štiklom. Kosa prikačena sa jedne strane zlatnom kopčom, umerena šminka koja je zadržala prirodnost i pojačavala lepotu.

Činilo se da sam zaboravio da dišem. Govorio sam sebi da je to od treme. Sedeo sam kao i uvek hladan i odmeren, niko sa strane nije mogao primetiti da sam u sebi kuvao. Ajla je krenula napred zabačnih ramena, stava pravog pobednika, na licu ispisane odlučnosti, pogleda uprtog pravo u mene. I držala se njega dok mi je prilazila. Imao sam utisak da hoda samo za mene. Gledao sam njeno kretanje kao na usporenom snimku. Približavala se, nijednog trenutka ne prekidajući kontakt očima. Ozbiljnog izraza lica poput mog.

Onog trenutka kada je stala ispred mene, uhvatila je rukom deo haljine, izvukla najčarobniji osmeh i zaokrenula se, jednom, pa još jednom i ostala u tom položaju par sekundi kako je i trebalo.

Tada sam nastavio da dišem. Kao da sam do tog trenutka držao dah. Pogledala je okolo široko se osmehujući, uživajući u aplauzu koji je usledio.

Sve je prošlo i više nego odlično, ali ja sam osećao da sam nešto izgubio. Želeo sam taj pogled nazad. Bio je upućen samo meni, a sada se rastura svuda okolo kao da me nema.

I opet sam u tom trenutku. Ostavljen. Zaboravljen.

— Bila si sjajna! — rekao sam joj prilazeći kada se konačno sve završilo i svi se razišli. Ajla se presvukla u haljinu tirkiznoplave boje koja se kopčala napred negde do struka dok se u nastavku širila negde do polovine listova. Tako jednostavno, a opet na njoj je delovalo tako otmeno.

— Da li sam ja to čula priznanje iz tvojih usta? Ne, čekaj, mora da si se nekom drugom obratio — okretala se gledajući oko sebe.

Nasmešio sam se.

— Dobro, zaslužio sam, priznajem, bio sam skeptičan, ali evo priznajem još jednom, sjajno si ovo izvela i publika je celokupan koncept sa zadovoljstvom prihvatila.

— Drago mi je da to čujem, sve što mi je bilo bitno je da ne izneverim majstora Alija, sada mogu da odahnem — stavila je dramatično ruku preko grudi i izdahnula.

— Čuo sam se sa njim i on je i više nego oduševljen. No, sutra ćemo o detaljima sa njim.

Euforija me je još uvek držala koliko i nju osmeh, i nisam želeo da se pozdravim sa tim prizorom, ne još uvek.

— Šta kažeš na večeru izvinjenja što sam sumnjao i ujedno da proslavimo?

Primakla mi se kao da će mi nešto šapnuti.

— Da li smem da se preobujem u patike? Zaista nisam navikla na ovolike štikle i već mi postaje i više nego neugodno.

Ovog puta nisam mogao da zadržim svoj iskreni osmeh.

— Naravno, samo izvoli — pokazao sam rukom ka holu. — Čekaću te ovde.

Izlazio sam sa mnogim lepoticama, skockanim, našminkanim od glave do pete, po mnogim otmenim restoranima... Takve sam profile na kraju krajeva i tražio, kako je stari i rekao „sočne breskve". I svima je njima stalo da u svakom trenutku izgledaju besprekorno. Popravljale bi šminku čim im se za to ukaže prilika, ne bi dozvolile sebi nikakvo odstupanje. Ajlina molba da krene u patikama bila mi je jednako simpatična koliko i draga jer ne robuje takvim stvarima.

— Evo me — zalepršala je ispred mene, šireći ruke poput leptira.

10

- Aleks -

Odabrali smo restoran pored obale, vazduh je bio topao, samo je blagi povetarac donosio miris mora koji je povećavao ugođaj. Posle dugo vremena, a možda čak i prvi put u životu, osećao sam se lagano, opušteno, kao da sam sav teret koji sam nosio na plećima na trenutak spustio kraj sebe.

Znao sam da je tu, da će me čekati da ga ponovo uzmem jednom kada krenem nazad, ali sada, u ovom trenutku nije ga bilo i to je bilo olakšavajuće na više načina. I koliko god ne želeo da to priznam, to je bila Ajlina zasluga. Samo njeno društvo. Pričala je o svom novom iskustvu upravo proživljenom sa ushićenjem i u par navrata sam zatekao sebe kako se smešim.

— Pa, s obzirom da ti se toliko svidelo, možemo razmotriti ideju da to ponoviš — rekao sam.

— Ne, nikako. Bilo je lepo iskustvo, drago mi je da sam probala nešto novo, da sam videla kakav je osećaj biti sa druge strane medalje, ali to nije moj poziv. Ja sam tu da stvaram. Ovo je bilo samo zarad majstora Alija — kategorično je rekla.

Konobar je doneo porudžbinu i razgovor je na trenutak stao. Nakon što se povukao uhvatio sam je kako pogledom luta u daljinu prema moru.

— Izgleda da voliš more... kako to da nisi češće dolazila s obzirom da imaš korene ovde?

Na tren se snuždila i žaljenje se moglo uočiti ne samo na njenom licu već i u njenom glasu.

— Mama nije odavde otišla na baš lep način, da tako kažem, pa se nije imala gde ni vratiti.

Nije mi se dopalo kako je to zvučalo jer je očigledno da postoji nešto što je muči po tom pitanju, a ja to nisam mogao da ignorišem.

— Šta se desilo? Mislim... ako ne želiš da pričaš o tome u redu je... ja samo... — tražio sam neko objašnjenje koga realno nije bilo... Ja samo šta? Želim da znam po svaku cenu? Ali odmahnula je glavom i blago spustila pogled premeštajući hranu po tanjiru.

— Ne, nije problem. Prosto je pobegla. I drago mi je da je uspela u tome, da je bila toliki borac. Drago mi je da je i mene učila da se borim.

Osetio sam prvi ubod zavisti. Jer ona je imala majku koja je o njoj brinula, koja je odgajala, koja je bila borbena, za sebe i za nju. Dok je mene moja ostavila kao teret pored puta. Teško sam progutao knedlu i vratio svoj namrgođeni lik po kome sam bio poznat.

— Od koga je pobegla? — nisam se mogao zaustaviti. Možda je trebalo, ali želeo sam da znam šta je ta žena bila sposobna da uradi da se izbori za sebe, već sam je u svojim očima video kao heroja i dok mi je s jedne strane bilo teško što nisam imao tu sreću da imam takvu majku, sa druge bih voleo da mogu sada da kažem svojoj: „Vidiš, ova je žena, za razliku od tebe, bila heroj, vidiš da je moguće". Što sam i znao i samo sebi potvrdio da ja prosto nisam rođen da budem voljen.

— Od ugovorenog braka. Nije joj se dopadao čovek kojeg su joj roditelji izabrali, a pre svega joj se nije dopala ideja da se njome trguje. Prosto nije našla razumevanje i podršku od svojih roditelja i jedini spas je videla u tome da pobegne. Uspela je u tome i pobegla u Englesku, gde je kasnije upoznala mog oca i ostalo je... istorija — završila je sa blagim osmehom.

Opet, našao sam se u sopstvenom lavirintu. Može li to biti gore od toga da te samo ostave? Ako bi te na bilo koji način prodali? Možda sam ja još i dobro prošao. Znao sam da jesam, mama Esma i tata Ali dali su sve od sebe i voleli me i čuvali kako verovatno ni njeni nju nisu iako je rasla uz punu podršku i ljubav, ali ipak nikada nisam uspeo da oprostim svojim biološkim roditeljima. I osećao sam užasnu grižu savesti zbog toga, kao da izdajem Esmu i Alija koji su me sa toliko ljubavi podizali, ali taj rat u meni nije uspeo da se ugasi ni dan-danas. Ako je bilo ikako moguće namrštio sam se još više.

— Zar nisi kasnije dolazila kod babe i dede?

Popila je još jedan gutljaj šampanjca kao da joj je potrebno ohrabrenje da nastavi. Taj mi je detalj skrenuo pažnju da smo tokom razgovora popili gotovo celu flašu, na kojoj sam insistirao kako bismo nazdravili uspehu, ali nisam primetio da smo je i popili te sam pokazao konobaru da je zameni novom.

Ajla je odmahivala glavom, takoreći i sama u neverici. Za blago crvenilo koje joj se pojavilo na obrazima sam znao da je od šampanjca, ali suzne oči u tom trenutku bile su posledica teme na kojoj sam insistirao i tiho sam opsovao sebe zbog toga, ali nešto mi nije dalo da stanem.

— Nikada nisu želeli da me upoznaju. Nedugo nakon što sam se rodila, mama je skupila hrabrosti da nazove baku, po prvi put otkako je otišla, i obavesti je da su dobili unuku. Nadala se da će ih to smekšati, da možda više nikada neće nju prihvatiti ali da će makar meni pružiti ono što svako dete ima, baku i deku. Tatini roditelji nisu bili više živi, pa ih nisam imala ni sa te strane. Ali baka nije želela ni da me upozna. „Ako sam već ostala bez prsta, nije mi potreban ni nokat”, rekla je tada mami. I mama više nikada nije ni pokušavala. Niti su se oni predomislili i poželeli da me vide, nikada. Par puta tokom odrastanja mi je dolazilo da ih ja potražim, ali bih svaki put odustala, dok na kraju nisam shvatila da to i ne želim. Ako su oni mene odbacili zašto bih ja jurila za njima? Ostala je neka praznina u meni, svakako, ali sam rekla sebi da sam ja suviše dobra za njih i da me nisu ni zaslužili.

Koliko god da bih možda zbog toga trebalo da prezirem i zaobilazim ovu zemlju nisam, nikada. Uvek me nešto vuklo ovamo. Da li su geni ili mi se prosto dopada ne znam, a nije ni važno — na kraju je završila sa smeškom i gledala me pravo u oči.

Može li da pročita u njima moju bol? Može li da prepozna da sam i ja odbačen? To što je njena baka rekla je užasno i očigledno je napravilo rez na njenoj duši. Ipak, ona je uspela da se izdigne iznad toga. Ali moja je duša kompletno posečena. Koliko god da su se Esma i Ali trudili da je izleče rane su samo prestale da krvare, ali su i dalje tu. Morao sam da se priberem.

— Ne znam šta bih rekao, to je užasno loše sa njihove strane...

I zaista nisam znao šta bih rekao. Da sam znao zašto je tako odgovorio bih i sebi. Nisam mogao naći reči utehe kada ih za sebe još uvek nisam pronašao. Nisam mogao naći opravdanje ni za koga. Jedino što sam pronašao bio je odgovor na pitanje kako dalje? Tako što se više nikada ni za koga nećeš vezivati. Nikada. Ali to joj nisam mogao reći.

Ajla se na trenutak trgnula i zamolila za izvinjenje da ode do toaleta. Samo sam klimnuo glavom i kada je ustala i otišla i dalje sam gledao u istu tačku.

U jednom trenutku pored mene se stvorila devojčica. Nije imala više od pet-šest godina. Spazio sam je nešto ranije da je došla sa, pretpostavljam roditeljima, sedeli su par stolova udaljeni od nas, ali je očigledno sada trčkarala okolo i približila mi se.

— Da li ti imaš puno novca? — pitala je, na šta sam ostao zatečen. Kakvo je to pitanje pobogu i kakvi su to roditelji koji uče i dozvoljavaju detetu da ovako razgovara sa strancem? Bila je neodoljivo simpatična i očigledno nesramežljiva, ali me je koliko zabrinula toliko i zbunila pitanjem.

— Da, imam — rekao sam oprezno.

— Zašto onda nisi srećan? — pitala je.

— Otkud ti to da nisam? — ovaj je razgovor delovao sve čudnije.

— Obrve su ti već dugo sastavljene i izgledaš besno. Srećni ljudi se uglavnom smeju — slegla je ramenima.

— Ne liče svi srećni ljudi jedni na druge — uh, ko bi rekao da razgovor sa detetom može biti tako napet.

— Zašto?

— Zato što ih ne čine iste stvari srećnima.

— Onda tebe novac ne čini srećnim? Zašto ga onda ne podeliš onima koje čini, a ti uzmi ono što tebi treba. Ljudi će te više voleti ako se smeješ — slegla je ponovo ramenima kao da je rekla najlogičniju stvar na svetu.

— Možda ja ne želim njihovu ljubav — konačno sam rekao.

— Svi žele da budu voljeni!

— Ali ne i da vole — promrmljao sam sebi u bradu. Konačno, naterao sam sebe na osmeh koji ovo zlato zaslužuje. — Razmisliću o tvom predlogu — namignuo sam joj, a onda joj se lice ozarilo, pa je zapljeskala ručicama. U tom trenutku Ajla se vratila.

— O, našao si novo društvo? Svakako je bolje od onog juče... — dodala je više za sebe, što mi međutim nije promaklo i nisam znao kako bih taj očigledni znak neke vrste ljubomore trebao da prihvatim. Čučnula je ispred devojčice kako bi bila u ravni sa njom.

— Zdravo, šećeru, kako se zoveš? — rekla je na turskom, a ja sam još jednom ostao zapanjen, zanemarivši činjenicu da je normalno da zna jezik.

— Azra — rekla je devojčica smešeći se. Ajla joj je pružila ruku.

— Drago mi je Azra, ja sam Ajla — i ona je oduševljeno prigrlila. U tom se trenutku pojavila očigledno devojčicina mama.

— Azra, rekla sam ti da se ne gubiš i da ne prilaziš tako ljudima — uhvatila je za ruku, a potom pogledala u nas. — Izvinite, molim vas, samo sam na trenutak sklonila pogled, voli da se igra okolo, ali i da se meša u razgovore odraslih — pogledala je ponovo sa prekorom. Azra se međutim, smejala i rukom pokrivala usta.

— Nije nikakav problem, bilo nam je drago da je upoznamo — ljubazno sam odgovorio. — Samo neće možda svi biti dobronamerni kao mi, Azra dušo, pa je bolje da poslušaš mamu.

Žena je klimala glavom u odobravanju, zahvaljivala se i izvinjavala ponovo. Naposletku, uzela je ponovo za ruku i povela nazad.

— Jesi li razumela sada? Nećeš to više ponavljati? — upitala je.

Klimnula je glavom ozbiljnog lica. Na odlasku, dok je majka vodila za ruku, Azra se okrenula i došapnula Ajli:

— Samo ga malo jače voli kako bi se smejao — pokazavši prstićem na mene i namignuvši nam sa oba oka, jer nije umela bolje.

Ajla je zbunjeno pogledala i osmehnula joj se pa klimnula glavom, a potom vratila svoje crvenilo i spustila pogled kako ne bi pogledala u mene. Na čemu sam joj u ovom trenutku bio neizmerno zahvalan.

Gledao sam za malom Azrom.

Deca imaju privilegiju da rade mnoge stvari koje odrasli ne mogu jer bi trpeli posledice. I to je još jedna stvar koja mi je sa detinjstvom ukradena. Nikada nisam stigao da budem dete.

11

- Ajla -

Alarm se oglasio kao što je to i nepisano pravilo, kada je bio najlepši deo sna. Baš kad je trebalo da skočim u tirkiznoplavo more ispred sebe, zabubnjalo mi je u glavi i osećaj poleta koji sam u snu osetila pretvorio se u izgubljenost, kao da mi je neko prosuo kofu vode na glavu. I to sa kockama leda, pretpostavljam.

Sve mi je pulsiralo. I nagli skok iz kreveta nimalo nije pomogao, naprotiv, sve se okrenulo naglavačke. Previše šampanjca, odmah sam se setila. Šampanjac opija kao i zaljubljenost. Dok si zaljubljen sve ti je lepo i lepršavo i ne osetiš kada si se toliko zatreskao. A onda sve pukne, probudiš se i bum, posledice su identične. Ne primetiš, ali i te kako osetiš koliko si preterao.

Dok sam pokušavala da dođem sebi, vrtela sam slike od jučerašnjeg dana i večeri. Kako sam blistala u svojoj kreaciji, ponos koji sam osetila tada. Onda, komplimenata koje sam dobijala kasnije na prijemu. Znam da je većina samo laskava, ali je prijalo mom egu pa neću sitničariti. Mogu dozvoliti sebi da uživam. Moram nečim hraniti svoje samopouzdanje, zar ne? I na kraju večera sa Aleksom... čudno veče zaista. Čudno je i to kako je uticao na mene da mu počnem govoriti o svojoj porodici, stvarima o kojima generalnio nisam pričala. Čak ni onom nesrećniku sa kojim sam se vajno zabavljala toliko dugo nikada nisam rekla šta su mi roditelji moje majke poručili, da me ne žele, da im nisam potrebna.

Iz nekog razloga bilo me je sramota da to priznam. Kao da sam ja za to kriva. Sa Aleksom, međutim, nisam imala takav osećaj. Imala sam osećaj da mu mogu reći sve i bilo šta, i da neću morati to da objašnjavam, da će razumeti. I prvi put da se nisam osetila krivom niti sam se stidela kada sam to rekla. Kao da sam konačno i sama shvatila da je to njihov a ne moj sram.

Čudno, zašto bih imala takav stepen poverenja u takoreći potpunog neznanca koji je nakon mesec dana kao jedini vid interakcije sa mnom imao mrštenje. Kada smo već kod toga... jesam li ja to bila privilegovana i da dobijem njegov osmeh u par navrata? I sama sam se smejala dok sam se toga sećala. A onda sam se setila još nečega. Obećao je da ćemo ići u Alačati[3]! Makar nakratko, rekao je da možemo poći ranije i iskoristiti da svratimo nakratko. Skočila sam ushićeno iz kreveta i poletela ka kupatilu odjednom zaboravljajući i na glavobolju i na pospanost.

Trideset minuta kasnije bila sam spremna. Stvari spakovane, ja obučena i na vratima, vreme do dogovorenog polaska tačno još pet minuta. Krenula sam lagano ka lobiju hotela da ga tamo sačekam, ako već nije i sišao. U momentu kada sam otvorila vrata sobe, istovremeno su se otvorila i vrata njegove sobe preko puta pa smo se pojavili u isto vreme. Da smo se dogovarali da tako ispadne neko bi zakasnio barem sekundu i ne bi ispalo ovako, što mi je povuklo osmeh na lice. Ali je istom brzinom i nestao kada sam videla da je njegovo lice i dalje ostalo namrgođeno, tačnije vratilo se u prvobitni oblik.

— Nešto nije u redu? — upitala sam sada već pomalo zabrinuta da nešto nije pošlo po zlu.

— Dobro jutro — rekao je osorno. — Promena plana, sve je u redu, ali idemo direktno u Istanbul.

---

3 Šarmantno staro grčko mesto Alačati, koje se nalazi na turskom poluostrvu Česme — samo sat vremena vožnje od grada Izmira; poznato po kamenim kućicama koje privlače turiste, ukrašeno vedrim bojama

Znala sam da je suvišno da pitam zašto. Aleksander Hart će vam reći onoliko koliko je sam odlučio i nijedno potpitanje neće to promeniti, za toliko znam.

I tek tako... moje su lađe potonule, lice se obesilo, ali sam klimnula glavom koliko da dam do znanja da sam primila i obradila informaciju i krenula za njim ka liftu, a potom i u auto poput deteta kome su obećali novu igračku, a onda mu saopštili da je rasprodata.

Da mi je ovo prvo razočaranje u životu možda bi i bolelo, ali znala sam bolje. Da je to samo razočaranje i da nažalost, nije ni poslednje. Kako se razočaranja mogu sprečiti? Tako što ćete izbeći očekivanja. A ja sam dozvolila sebi da očekujem nešto od Aleksa Harta, pa bilo je suviše bajkovito da bi bilo istinito. Nasmejala sam se sama sebi i vezala pojas. Aleks me je pogledao zbunjeno preko naočara za sunce koje je nosio, ali nisam mu dužna nikakvo objašnjenje, neka misli o tome...

- Aleks -

Mnogi su me častili raznim epitetima, ružnim, naravno. Čitao sam o sebi po raznim člancima, da sam nadmen, gord, zavodnik, beskrupulozan... sve je to bio deo maske uredno građene godinama kako niko ne bi mogao srušiti moje zidove, takođe uredno zidane i neprobojne. Ali jedno je bilo sigurno — bio sam čovek od reči! Moja je reč imala težinu veću od bilo kakvog papira, sporazuma, ugovora ili bilo čega sličnog. Svoja obećanja nisam uzaludno davao. Ako sam rekao da ću nešto uraditi to će jednostavno biti tako i nema sile koja to može promeniti.

Sve do danas. Sve do nje. I mrzeo sam sebe zbog toga. I mrzeo sam nju jer me je dovela dotle. Mrzeo sam sve. Bio sam poput namrgođenog, starog gunđala. Dok se ona smešila. Ona se ipak smešila, što je raspirivalo moj bes.

Obećao sam joj da ćemo svratiti u povratku u Alačati. Sa tolikim je žarom pričala o tome i toliko silno želela da sam, iz ne znam kog razloga, poželeo da joj te želje ostvarim. Prosto sam želeo da ostane u takvom raspoloženju, bilo je ugodno. Eto, ništa više. Na kraju krajeva, koliko god mi davali napred navedene epitete, nikada nisam bio takav i pomogao bih svakome kome sam mogao, ispunio svačije lice osmehom ako je to u mojoj moći. Jer zašto ne bih? Kada znam koliko težak život može biti svaki osmeh danas je rezultat velikog napora, iako ne treba tako biti. Da, zato sam hteo i njoj da ispunim želju. Tako je. To je razlog.

A onda sam došao sinoć u sobu i zatekao sebe kako vraćam film unazad na svaki detalj večeri počev od njenog pojavljivanja na pisti do svake gestikulacije koju je napravila dok je pričala u restoranu kasnije. I to nije bilo najgore. Dok sam razmišljao o tome, smešio sam se. To ne može biti dobro. Ja se ne vraćam unazad. Ja ne razmišljam o ženama. Tu sam u tom trenutku, kada se rastanemo moje su misli već na sledećem poslovnom aranžmanu. Zašto? Jer ja se n-e v-e-z-u-j-e-m!

Ugađao sam mnogim ženama, ne bi to bio prvi put, vodio ih na večere, na izlete, putovanja, vožnje jahtom... ne mogu ni pobrojati. Uživao sam u njihovom društvu, ništa mi od toga nije strano, ali sam to činio sa razlogom. Ajla nije taj tip žene. Sa druge strane čak i da jeste ne bih to dopustio sebi, ne sa osobom koju je moj otac angažovao u vezi posla i koja nam je stalno pred nosom. Ne bih to mogao upropastiti. Ali ovaj osećaj je bio nešto savim novo za mene i morao sam ga tim pre otresti iz svog organizma. Kao nekakav virus. A to nećete moći ako je virus uz vas, zar ne? Moram se ponovo udaljiti. Sve ovo ukupno bilo je previše, samo mi je potrebno malo moje narušene samoće i biću ponovo onaj stari.

Par mučnih sati kasnije, uz mukotrpnu tišinu prošaranu sa par takoreći službenih rečenica koje smo razmenili, konačno smo stigli kući. Pa, mojoj kući. Ona je ovde samo gost. I radnik.

Ali nas je dočekao nasmejan, raširenih ruku, sijajući od ponosa. Ta me je slika njega kako sa ponosom širi ruke ka meni održala u životu. Ovog puta Ajlu je prvu primio u zagralj i čestitao joj. Smanjio sam svoj bes i za njega izvukao osmeh koji zaslužuje a zauzvrat dobio zagrljaj koji zaslužujem i pohvalu. Ali to je bilo sve što sam mogao u tom trenutku. Izvinio sam se i napustio ih sa izgovorom da sam preumoran i da me muči glavobolja te da ću morati hitno u krevet.

I tako sam se konačno sklonio od žaršta svoje „infekcije" osećanjima.

12

- Aleks -

Nisam lagao kada sam rekao da me je umor sustigao. I više nego što sam mislio. Prespavao sam čitav dan. Kada sam se probudio noć je već uveliko padala. Pogledao sam na sat, bilo je već osam sati uveče. Protrljao sam lice rukama.

Noć je zamenila dan. A noći su bile najgore. Dovoljno tihe da vas misli napadnu svom jačinom i dovoljno duge da ne možete da se izborite sa njima. Samoća je to samo pojačavala.

Noć čini dan starim, ali bez noći dani ne mogu imati prošlost ni sećanje.

Kada bih se osećao ovako izgubljenim najbolji lek bio je razgovor sa Alijem. On je i bez reči umeo da prepozna svako moje stanje i uputi mi reči koje su mi potrebne. Reči koje će me naterati na razmišljanje i to me razmišljanje skrene sa puta kojim sam krenuo, putem punim trnja. Zato sam rešio da ga posetim, a ionako danas nisam ni razgovarao sa njim, nisam mu ni ispričao kako je sve prošlo, iako sam verovao da je već dobro upućen.

Mislio sam da je već kući, ali nisam ga tamo zatekao. Prošao sam vratima do studija, ali sam zastao pred vratima kada sam čuo njen glas, njen smeh. Ovo je noćna mora, pomislio sam. Kao progonitelj. Svuda je okolo. I sada je tu, na mestu koje je meni potrebno. Naslonio sam se na zid i tiho uzdahnuo. I baš kada sam želeo da krenem nazad, razgovor mi je privukao pažnju.

— Zašto je Aleks bio u tako turobnom raspoloženju? Je li se nešto dogodilo u povratku? — pitao je Ali. Ne znam zašto nije sačekao da to pita mene. Zašto je želeo njenu stranu priče? A što je još gore, zašto sam ja želeo da čujem njenu stranu priče?

— Koliko ja znam ništa... mislim barem ništa vezano za mene. Ali ko će znati, on ima te neke čudne promene u ponašanju.

— Čudne?

— Pa da, uglavnom je namrgođen, ali nekada se opusti i počne da se ponaša normalno da bi se opet brzo vratio u isto stanje... nisam baš uspela da razumem. U početku sam mislila da je samo netrpeljivost prema meni, ali nisam učinila ništa da bih ga dovela u takvo raspoloženje. Samo sam ga pratila. Ništa nisam tražila. Govorila sam da bih volela da posetim Alačati i rekao je da ćemo u povratku svratiti, ali je jutros naglo promenio odluku i vratio nas ovamo. Šta god da je bio razlog te promene ja ga ne znam.

— Razumem — rekao je Ali zabrinuto. — Ali tebe je to ostavilo razočaranom?

Nasmešila se ironično.

— Davno sam prestala da verujem muškarcima, ne polažem više nikakve nade u njihova obećanja — rekla je. I to me je dodatno zaintrigiralo.

— Tako? Želiš li da pričaš o tome?

Da, molim te, pomislio sam, hajde stari izvuci to iz nje.

— Ništa specijalno, ništa što već nije viđeno, lakoverna devojka koju je muškarac prevario i ostavio bez pozdrava. Ne želim Vas zamarati svojim pričama. Vaše su mnogo lepše i poučnije.

— Slušanje nekoga je odizanje poklopca sa šerpe. Doznaješ šta ima za večeru.[4]

---

4 Mevlana Dželaludin Rumi

Ponovo se nasmejala, a onda nastavila. Iako sam znao da me nisu čuli niti bi me mogli videti, čini mi se da sam zaustavio dah, plašeći se da ću je njime zaustaviti.

— Zaljubila sam se. Pa, barem sam mislila da jesam. Kada smo se upoznali, Dani je bio divan prema meni, obasipao me pažnjom, ugađao... bilo je lako da naivna devojka sa svojih dvadeset tri poveruje u to. Nikada nisam sumnjala u sebe. Znala sam koliko vredim. I poverovala sam da je to još neko prepoznao i cenio. Bilo nam je lepo, proveli smo dve godine zajedno. Nije mi se njegovo ponašanje uvek sviđalo, ali sam to prosto prihvatila kao različitost. Bile su to trivijalne stvari kao kada bi mi sugerisao način odevanja i slično, ali radio je to suptilno nikada direktno, naredbeno niti zahtevno. Uvek sa puno pažnje i ljubavi. Kao što rekoh, umeo je to, bio je šarmantan i moji su ga prihvatili i voleli. Bili smo zajedno skoro dve godine, ali iskrena da budem iako su svi očekivali da uskoro proglasimo da ćemo se venčati, ja nas nisam videla tamo.

„Nisam mogla da zamislim dom sa njim. Ipak, mislila sam da je to samo zato što sam još uvek mlada i da će sve doći na svoje vremenom. Kao i da će brak doći kao normalan sled događaja. Nekom prilikom smo izlazili iz bioskopa i naišli na neki mladi par koji je šetao sa detetom. Ni sama ne znam zašto, valjda da bih saznala da li se on oseća isto nesigurno povodom toga, pitala sam ga da li može nas tako zamisliti. Ostao je zatečen, a potom brzo promenio temu, takođe suptilno. Sa ove tačke gledišta mogu reći da je bio vešt manipulator. Ali u tom trenutku sam to shvatila kao prećutni odgovor da se oseća isto kao i ja, još uvek nespremno za takvu ulogu. I čudno, ali laknulo mi je zbog toga.

„On je to shvatio kao da bih ja to želela upravo tada. Mislim, tako je rekao. Kada se javio... Nakon nedelju dana... Da. Od te večeri se povukao i koliko god sam pokušavala da dođem do njega nije mi odgovarao, niti mi se javljao. Postala sam zabrinuta da se nešto nije desilo. Zvala sam njegove prijatelje, ali su mi svi potvrđivali da ga viđaju i da se ponaša kao i obično.

„Nakon nedelju dana mi je poslao poruku. Da sam ga uplašila takvim očekivanjima i da on jednostavno nije spreman na to. Svi moji pokušaji objašnjavanja da je pogrešno shvatio ostali su bez odgovora.

„A onda sam zapitala sebe: šta ja to pokušavam da spasem onda? Ako već ne vidimo budućnost jedno sa drugim onda je bolje da se rastanemo. Bilo mi je teško, ali ne u smislu da sam patila. Prosto, nešto vam postane navika. Kao što je nečije svakodnevno prisustvo kojeg sada više nema i potrebno vam je vreme da se naviknete na nove okolnosti. Na kraju, živela sam pre njega i bila srećna, pa živeću ponovo, zar ne? Dani su prolazili, a ja sam se polako navikavala na svoj novi-stari način života. Teže je bilo objašnjavati ljudima, a pre svega mojim roditeljima šta se desilo, nego što je meni bilo teško zbog samog rastanka.

„Nakon tri meseca bila sam sasvim nova osoba, ostavila taj deo iza sebe i krenula napred. Radila, družila se, izlazila... živela. Dok tog dana nisam videla njegovu objavu na nekoj društvenoj mreži. Sa ponosom je objavio da je postao otac.

Suzdržavao sam svoj bes tokom njene priče i opisa čoveka koji se prema njoj ponašao tako manipulativno, dok je sve što sam želeo da zabijem pesnicu u lice tog čoveka. Laknulo mi je samo kada je i sama rekla da je shvatila koliki je manipulator u stvari bio. Ali poslednje što sam čuo mi je svu krv slilo u mozak i nisam mogao trezveno da razmišljam. Samo me je sopstveni šok dok sam sabrao dva i dva sprečio da ne reagujem impulsivno i ne odam se. Na kraju, kradem njene intimne trenutke jer da je želela da znam to rekla bi meni, pričala je to jer nije znala da sam tu.

Ali je sabrao istom brzinom kao i ja.

— Hoćeš reći da je... — zastao je na tren, verujem u nedostatku reči, a onda je ona nastavila.

— Tako je. Samo tri meseca nakon našeg prekida. Što znači da je sve vreme bio u vezi sa tom devojkom. I očigledno je sa njom bio spreman za dete — nasmejala se ironično sama sebi.

— O, dušo, to je... užasno — Ali je zaključio.

— Moj ponos se razbio kao ogledalo, bez nade da će se više ikad sastaviti i sa najavom dobrog perioda tuge. Nisam bila tužna što je neka druga dobila njega i dete, nijednog trenutka, čak ni ljubomorna. Bilo mi je žao te žene, iskreno. Ali nisam mogla da pređem preko svoje gluposti, preko zgaženog ponosa, toga koliko sam bila slepa. Svi su upirali prstom u mene, neko se smejao mojoj gluposti, a neko me sažaljevao. A poslednje što sam želela je sažaljenje. Za bilo šta u životu.

„Povukla sam se od ljudi, od društva i tako se vremenom udaljila. Nisam mogla da shvatim da je tek tako bezbrižno to objavio na očigled svih, bez trunke obzira. Sa jedne strane sam bila beskrajno zahvalna što ja nisam na mestu te žene, što me je sam Bog spasao stavivši me u tu situaciju, ali sa druge sam se jako plašila. Vrlo lako sam mogla i ja biti u toj situaciji. Šta da sam i ja ostala u drugom stanju? Šta bi se onda desilo? Kako sam mogla tako nekome da poklonim poverenje?

„I ta me je spoznaja paralisala. Ja očigledno ne umem da procenim ljude kako treba i zato je najbolje da se držim sama sa sobom. Jer nikada više neću moći nikome da verujem. A poverenje je osnova svake veze, bez njega nema ničega.

„I tako je već pet godina. U mom životu nema više mesta ni za koga. Sada sam se već navikla na svoju samoću. Prihvatila sam je kao svoju slobodu.

Kao kroz odjek negde u pozadini čuo sam Alijev glas koji joj govori, ali sam se trudio da se fokusiram na svoj hod. Nakon svega što sam čuo bio je trom i nesiguran. Izmaglica u glavi mi je oduzimala prisebnost. Polako sam se udaljio iz kuće i krenuo nazad ka apartmanima.

A onda sam zatekao sebe kako plivam dužinu za dužinom dok mi se njene reči kovitlaju po glavi iznova i iznova. Znao sam taj osećaj.

Kada si ostavljen, izigran, zgaženog ponosa. I ne znam da li mi je teže pala njena ispovest ili sama činjenica da imamo toliko toga zajedničkog.

13

- Aleks -

Kako sinoć nisam uspeo razgovarati sa Alijem odlučio sam da ga ovog jutra posetim pre odlaska u firmu. Zatekao sam ga na njegovom mestu, na balkonu kako drži cigaretu. Ali nije bio strastveni pušač, ali je voleo da pripali s vremena na vreme.

— Opet si pribegao lošim navikama, stari? — rekao sam pridružujući mu se.

Kao i obično samo se kratko nasmešio.

— Ona je još jedina koja gori za mene — odvratio je citirajaći njegovog omiljenog pesnika, Mevlanu. — Jesi li se odmorio? Bolje mi izgledaš...

Klimnuo sam glavom.

— Kao što vidiš, spreman za nove radne pobede.

Kao što sam i pretpostavio, nije mi ni pomenuo razgovor koji je prošlu noć vodio sa Ajlom. Takav je bio. Neće drugima pričati o onome što mu je povereno. Pa makar to bio i ja, njegov sin. Međutim, njegov mi je pogled govorio da bih trebao da znam više, bolje.

— Nismo juče stigli razgovarati, samo sam ti hteo preneti impresije s revije.

— Oh, već sam obavešten, dobre vesti brzo putuju. Dosta njih me je zvalo. Bio si na vrhuncu zadatka, kao i uvek.

Nasmešio sam se. Iz nekog razloga nisam mogao da uživam u tom uspehu u potpunosti, kao i obično. Nešto mi je ostavljalo gorak ukus. Možda činjenica da bi me sećanje na taj događaj podsetilo i na moje ponašanje i neodržano obećanje. To nisam bio ja.

— Ima li nešto drugo o čemu si hteo da popričamo? Deluješ kao da te nešto muči? — pitao je zabrinuto.

— Ne. Sve je u redu.

Bio je to još jedan ubod krivice. Nikada mu nisam lagao niti šta skrivao od njega. Nisam to ni sada želeo, ali nisam znao ni šta bih rekao kada ni sam nisam bio siguran šta je to što me muči.

— Možda bismo večeras mogli odigrati koju partiju tavle[5]? Osim ako nemaš neke druge planove?

— Nemam. To je odlična ideja. Nedostaje mi druženje sa tobom, rado ću svratiti.

U tom trenutku mi je zazvonio telefon i ja sam ga izvadio iz unutrašnjeg džepa sakoa stavljajući ga ispred sebe tako da je i Ali mogao videti od koga je poziv. Možda nije poznavao svaku ženu u mojoj blizini, ali je jednostavno znao kada mi je neka od njih za petama. Bila je to jedna od manekenki koju sam sreo juče u Izmiru. Uputio sam joj jedan osmeh i otpratio je do automobila i to je očigledno bilo dovoljno da me sada proganja. Utišao sam ton i vratio telefon nazad u džep ne rekavši ništa.

— Nemoj izgubiti iz vida Mesec dok brojiš zvezde, sine — Ali mi je rekao. Znao sam šta je time hteo da kaže, ali nisam želeo da znam. I nisam bio spreman za ovaj razgovor.

— Vidimo se večeras — nehajno sam rekao i otišao.

---

5 Tavla ili bakgemon je jedna od najstarijih igara na ploči; učestvuju dva igrača, svaki od njih ima po 15 žetona koji se pomeraju preko 24 polja nakon bacanja kockice

- Ajla -

Jutarnju tišinu sam oduvek najviše volela. Kada mogu na miru popiti kafu, lagano se buditi, spremati za novi dan... ugođaj je sada bio bolji jer sam sve to radila na balkonu udišući miris prirode, radujući se Suncu. Vratila sam se mislima na prošlu noć i razgovor sa starim Alijem. Nisam nikada za sve ove godine ni sa kim tako otvoreno pričala o svemu što se desilo, o strahu koji je zatvorio vrata svim novim ljudima koji bi eventualno ušli u moj život.

Taj je čovek imao neku isceliteljsku moć. Tako miran, staložen, a opet pun iskustva. Prijatelj kakvog biste poželeli. Nisam imala prilike da razgovaram sa nekim tako starijim ko bi me možda posavetovao ili mi dao smernice da razmislim. Sa mamom sam imala otvoren odnos i pričala, ali opet nikada ne bih bila toliko otvorena znajući da bi je moja bol povredila, a nisam to želela. To bi mi samo pojačalo osećaj krivice kasnije. Nisam volela da bilo ko brine zbog mene. Zato sam se uvek trudila da izgledam jača nego što zaista jesam. Tata bi već poželeo da prebije svakog ko bi me povredio pa sam opet čuvala svoja razočaranja za sebe.

Majstor Ali kao da je otvorio česmu i sve je počelo da teče kroz mene, kao voda. I osećala sam se mnogo lakše nakon toga, kao da sam skinula deo tereta sa sebe. Interesantno, došla sam da naučim od njega o poslu, a on me kao niko učio o životu. Takav je čovek bio da imate utisak da ga poznajete čitav život. Utoliko više sam se vezala za njega jer mi je bio kao deda koji me nikada nije želeo niti sam ikada imala prilike da ga imam. Kao da je popunjavao neke praznine koje sam nosila u sebi. Znam da nije nimalo profesionalno, ali majstor Ali se nije ni trudio da bude takav. Nije robovao nametnutim okvirima zajednice, svakog je tretirao kao svoju porodicu. Divila sam se njegovom strpljenju i skromnosti.

— Dobro jutro — rekla sam veselo kada sam ušetala u studio. Sinoć sam radila na novom dizajnu i jedva sam čekala da podelim to sa njim. Međutim, imala sam neku blokadu. Nešto je nedostajalo tu, ali nisam mogla odgonetnuti šta. Nadala sam se da će jedan njegov pogled to rešiti. Da će mi pomoći da nađem smer. Tako je i bilo, ali nije mi želeo samo dati rešenja, kao i uvek dao bi mi nagoveštaj i ja bih sama našla put. Znate, kao u školi ako samo prepišete ponuđeno rešenje ništa nećete nikada naučiti, ali ako dobijete samo prvo slovo onda se mučite dok ne pogodite i sigurno tako ostane upečatljivo u umu.

Međutim, ovo je bio jedan od onih dana. Onih kada vam nikako ne ide. Šta god da uzmete ispada iz ruku, šta god da pokušate da uradite idete korak napred nazad dva... kako je dan odmicao moja frustracija je sve više rasla, a moja volja sve brže nestajala. Strpljenje je već bilo pri kraju i želela sam da odustanem. Ali me je ceo dan posmatrao, pratio moje uzdisaje i mučenje, ali nije ništa progovarao. Na kraju, kada sam konačno sa prvim sumrakom rešila da odustanem stavljajući ruke preko očiju, u zadnjem udaru frustracije prišao mi je, uzeo makaze iz ruku odložio ih po strani i naterao me da sednem.

— Kada ne ide, ostaviš za kasnije, ali nikada ne odustaješ!

— Nisam sigurna da mi se uopšte više ovo i dopada — rekla sam namršteno gledajući u svoje ruke.

— To je samo prolazni period. Svi ga imamo. Kada se emocije uzburkaju, čovek ne može dobro misliti.

— Nemam problem sa emocijama, emocije sa ovim nemaju nikakve veze — napola ljutito sam odgovorila.

— Sve ima veze sa emocijama. Talenat dolazi iz emocije. Inspiracija takođe. Možemo pred njima zatvoriti oči, ali telo čuje našu dušu.

Duboko sam uzdahnula. Ali je nastavio:

— Nikada nemoj dozvoliti sebi da odustaneš. Reka ostaje čista jer teče. Kada bi stala, brzo bi se u njoj nagomilalo smeće, zaprljala bi se. Niko joj se više ne bi divio, svi bi bežali od neprijatnog mirisa koji bi se širio. Kada teče, čisti se. Može usput zakačiti neku travu, ali je potom negde usput i ostavi. Jer ne staje. Tako je i sa čovekom. Sve dok radi, dok se kreće, ide napred. Ako stane, odustane, utopi se u sopstvenom jadu.

Ne znam zašto, ali oči su mi bile suzne.

— Hvala Vam — rekla sam tiho promuklim glasom.

Klimnuo je glavom.

— Ali imaš prava na predah — nasmejao se pa i mene povukao sa sobom, brzo sam rukom obrisala suzne oči. — Slušaj, Aleks je rekao da će svratiti večeras, možeš ostati sa nama, igraćemo tavlu. Da li znaš da je igraš?

— Ne. Nikada nisam imala prilike. Ali bih volela da naučim. Nadam se da njemu to neće smetati — rekla sam kada sam se setila njegovog mrzovoljnog raspoloženja u mom prisustvu.

I kao po komandi, Aleks je bio na vratima.

— Neće mi smetati šta? — trgnuo me je njegov glas. Bila je to nova, nepoznata reakcija za mene. Nisam se uplašila, ali moje je telo odreagovalo drugačije nego ikad pre. Dok sam pokušavala da dam definiciju tom osećaju, Ali se uključio.

— Oh, stigao si. Baš sam govorio Ajli da ćemo igrati tavlu i da bi trebala ostati da je i sama nauči.

Koliko god Ali bio ljubazan i nasmejan, Aleks je to, kao što sam i pretpostavila, primio namrštenih obrva. Međutim, očigledno nije mogao protivurečiti Aliju pa je promrmljao da je u redu što se njega tiče sve dok me neće on učiti.

Dva sata kasnije, na drugom čaju majstora Alija, trećem pivu Aleksa i mom drugom, crvenih obraza i sa predanošću ratnog stratega pokušavala sam da izvučem bod i ubeđivala Aleksa da me je pokrao. Majstor Ali se na samom početku povukao, gledao novine u svojoj fotelji dok smo mi za stolom igrali. Aleks se smejao onako kako ga nisam videla za sve ovo vreme. Istinski je uživao u ovom i bio je tako opušten. Pri tom sam ga prvi put videla i u opuštenoj odevnoj varijanti, kada sam već pomislila da taj čovek nema u ormanu ništa sem odela i košulja, međutim, ovo izdanje Aleksa Harta je... uh. Pa ko bi se mogao skoncentrisati na igru.

— Prilično sam siguran da je bod moj! — rekao je odlučno i dalje se smejući dok je pružao ruku da od mene preuzme kockice.

— Ne! — povukla sam ruku i čvrsto ih stegla ne želeći da priznam poraz. Ponašala sam se kao razmaženo derište, ali nije me bilo briga. Aleks je pružio ruku još malo ka meni, a kada mu ni tada nisam popustila, dohvatio je svojim rukama moju pokušavajući da mi iz nje silom izvuče kockice.

— Pusti ih! — siktao je.

— Ne!

To je otimanje bilo koliko smešno toliko i simpatično. Ko bi rekao da bi dvoje odraslih mogli tako da podetinje oko obične igrice. Otimala sam se do trenutka kada sam shvatila da mi se koža naježila i kada sam postala svesna da je razlog tome njegov dodir. Otvorila sam ruku istog momenta i refleksno je povukla kao da sam se opekla. Kockice su sletele na pod, moje lice ostalo u šoku, a Aleksovo u zabrinutom izdanju.

— Jesam li te povredio nekako? — brzo je izustio.

Odmahnula sam glavom nesposobna da sastavim smislenu rečenicu. Ne. Mene više niko ne može povrediti, jer ja to ne dopuštam, pomislila sam u sebi.

— Sve je u redu — najzad sam rekla.

Klimnuo je glavom očigledno nimalo ubeđen u to.

Ali je takođe primetio novonastalu tišinu i upitao da li je sve u redu.

— Gospođica Miler ne ume da gubi... — rekao je Aleks provocirajući me i gledajući me pravo u oči dok je skupljao figure. Narugala sam mu se i složila facu petogodišnjeg deteta. Stvarno, šta nije bilo u redu sa mnom?

— Ja ne gubim! Ili pobeđujem ili učim! — rekla sam uzdignute glave.

— Pa svaka čast za stav u svakom slučaju! — rekao je Aleks ozbiljno, a onda se blago nagnuo ka meni i prošaputao — ali jasno ti je da je ovo moja pobeda zar ne? — i opet se nasmejao podigavši glavu.

— Džentlmenski, nema šta — dodala sam videvši da mu je zabavno da se pecam na njegove provokacije. Nikada ne bih priznala da je i meni bilo i te kako zabavno.

— Vreme ti je za odmor stari, previše smo te zadržali, trebalo bi da krenemo polako.

Klimnula sam glavom u znak slaganja i krivice jer je bilo zaista kasno.

— Ni govora. Ne pamtim da sam se skoro lepše proveo. Uživao sam u vašem nadmudrivanju. Vratio si me u mladost i podsetio na vreme dok si išao u školu, Aleks. Tek sada, toliko godina kasnije mi je jasno šta je učiteljica mislila kada je govorila o tvom takmičarskom duhu.

Obojica su se nasmejali, na tren potpuno nesvesni mog prisustva. Zar majstor Ali poznaje Aleksa od malih nogu? Jasno mi je da su jako bliski, ali nikada nisam ulazila u detalje niti pitala za prirodu njihovog odnosa. O tome takođe nisam našla nikada ništa, nije ni da se pisalo. I dok sam pokušavala da razgraničim šta bi to moglo biti Aleks me dodatno šokirao kada mu se obratio sa „oče"?

Onda su obojica postali ponovo svesni mog prisustva jer su im lica prešla u ozbiljna i bilo je jasno da su rekli više nego što su hteli. A ja nisam imala pojma kako da se ponašam, sem što sam i dalje blejala u čudu u jednog pa u drugog pokušavajući da nađem bilo kakvu sličnost... ali ništa. Na kraju, pogled mi se zaustavio na Aleksovom licu. Gledao me je zabrinuto.

— On je tvoj... otac? — čula sam sebe da govorim to i naglas. Aleks je oborio pogled i klimnuo glavom. Majstor Ali je ustao, došao do nas i stavio ruku na njegovo rame stisnuvši ga u znak podrške, kao da mu daje odrešene ruke da kaže onoliko koliko želi.

— Ja... izaći ću malo da prošetam po bašti... — blago se nasmejao klimnuvši mi glavom i ostavio nas. Aleksu je glava i dalje bila spuštena, pogledao je u svoje ruke koje je pred sobom krstio, ali ne i u mene. Ja sa druge strane nisam čula ni svoje disanje. Jedino što se u tom trenutku čulo jeste kazaljka zidnog sata. Tik-tak, tik-tak. Posle par minuta Aleks je konačno progovorio.

— Ali je moj... otac. Moj usvojeni otac, u stvari. On me je... on i mama Esma, njegova pokojna žena, su me usvojili.

Treptala sam od šoka i širila oči, podizala obrve bez mogućnosti da bilo šta izgovorim. Kako bi se sada trebala ponašati? Da li bih nešto trebala reći? Ali šta? Šta reći na ovo? Pre nego sam donela odluku da progovorim on je nastavio.

— Ali i Esma nisu mogli da imaju dece. Njegova porodica nije mogla sa time da se pomiri, želeli su naslednika. Godinama su pokušavali, ali na kraju se ispostavilo da to neće biti moguće. Njegova je porodica vršila pritisak na njega da uzme drugu ženu. Ali je toliko voleo Esmu da mu je to bilo nezamislivo. Nije video svoj život bez nje. Nije želeo da je žrtvuje. Međutim, ona je donela odluku da se žrtvuje za njega. Ostavila ga je — na tren se zagledao ispred sebe suznih očiju. — Mama Esma je bila vredna poput dijamanta. Neverovatna žena. Bila je učiteljica. Dobila je ponudu za posao u Londonu, videla to kao priliku i otišla, ostavivši Alija da započne novi život, oslobađajući ga.

Niz moje su obraze tekle suze i nisam se ni trudila da ih zaustavim. Da li je razlog tome bila sama priča ili i činjenica da prvi put svedočim emocijama ovog čoveka, nisam se, takođe, trudila da saznam.

— Ali to nije prihvatio i krenuo je za njom. Odrekao se svog doma, svoje porodice. Kako je sam pričao, ništa nije vredelo bez Esme. Njegovi su bili jako imućni i tako je dobio dobro obrazovanje. Već je imao svoju krojačku radnju, bio je u poslu i nije mu bilo teško da negde krene od početka. Njegovi su ga se odrekli, nisu mu to oprostili. Došao je u London i nastavio život uz svoju ženu.

„Onda je jedne noći sreo mene. Pretpostavljam da je život tako hteo. On kaže da ga je nagradio. Usvojili su me i čuvali kao da sam zaista njihov. Nikada se nisu drugačije ponašali. Ali iz predostrožnosti, da bi mi njegova prodica možda iz osvete mogla nauditi, zadržao mi je i prezime Hart. Nisam ponosan na njega, ali je ostalo. Zato sam za ceo svet Aleksander Hart, ali puno ime mi je Aleksander Hart Jildiz.

Zastao je, a ja sam još uvek dolazila sebi od šoka, ovo svakako nisam očekivala. Znala sam da su bliski, ali sada kada vratim film uvek se pisalo samo o njihovoj poslovnoj vezi, ova im je tajna bila dobro skrivena, barem za javnost. Imala sam toliko pitanja u glavi, a opet nisam znala šta bih rekla.

— Uh... — uzdahnula sam. — Ali šta se dogodilo sa tvojim roditeljima?

Aleks je podigao pogled ka meni, a iz očiju su mu sevale munje.

— Moji jedini roditelji su Ali i Esma! — rekao je besno. A onda skočio sa stolice i poput metka napustio prostoriju. Otišao je.

Sedela sam u tišini par minuta pokušavajući da probavim u glavi sve te informacije, moj je mozak tražio odgovore kojih nije bilo. Nisam se mogla pomeriti, nisam znala ni kako da se nadalje ponašam. Šta bi trebalo učiniti?

Ali se vratio i tiho mi se približio zabrinutog izraza.

— Potrebno mu je vremena — tiho je rekao.

— Ja... zaista nisam... ne znam...

— Nije tvoja krivica. Ti ništa nisi loše uradila, ne brini. Opustio se, možda po prvi put, osećao se slobodnim. I bilo mi je zadovoljstvo konačno ga videti takvog. Ali ova je tema za njega vrlo bolna i nikada je ni sa kim nije podelio. Koliko ti je rekao?

— Pa, u principu ispričao mi je Vašu priču i to kako ste ga usvojili, ali kada sam upitala šta se desilo sa njegovim biološkim roditeljima razbesneo se i otišao.

Ali je klimnuo glavom.

— Verujem da će ti vremenom ispričati i ostatak, ne možeš zamisliti koliko je ovo za njega veliki korak. Biće mu potrebno vremena da sve to obradi i da se suoči sa svojim emocijama. Samo mu, molim te, daj vremena.

— Na... naravno, ja... neću insistirati ni na čemu. Znam koliko je teško pričati o nečemu što je iz bilo kog razloga bolno. Vi ste mi svedok, da sam svoju priču podelila sa Vama iako je godinama nikome nisam rekla, ne tako otvoreno. Ja... samo imam dilemu trenutno kako bih se nadalje trebala ponašati.

— Kao i do sada. Ništa se nije promenilo. Mi smo svi i dalje oni isti ljudi. Ono što znaš i sama, čoveku najgore pada tuđe sažaljenje. Ali ono što u tvojim očima vidim je samo razumevanje i drago mi je da se baš pred tobom otvorio. Verujem da je negde u dubini duše i sam to prepoznao ali neće to priznati, čak ni sebi. Ja... jedino za šta bih te zamolio je diskrecija po ovom pitanju.

— Naravno, to niste morali ni da pominjete. Vaša je tajna sa mnom bezbedna. U to nemajte nikakve sumnje.

— Tako sam i mislio.

— Idem sada. I Vama je potreban odmor — brzo sam se sabrala i ustala.

— Laku noć.

Ali mi je uzvratio ljubaznošću iako sam znala da će ova noć biti sve samo ne laka.

14

- Aleks -

Onog trenutka kada sam se dokopao svog apartmana i zatvorio vrata za sobom spustio sam se niz njih uz tiho jecanje. Nisam mogao da sprečim suze koje su pretile da me potope. Dugo ih nije bilo. Godinama ih nije bilo. Zakleo sam se sebi one noći da ih više nikada niko neće videti u mojim očima.

Nisam plakao čak ni kada je mama Esma umrla. Bio sam suviše besan. Na ljude. Na život. Ni sada nisam mogao da nađem razlog zbog kojeg teku, da li je to sva nagomilana tuga ili bes i na koga sam tačno besan? Na sebe jer sam bio prinuđen da ispričam? Na Ajlu jer me je naterala na to? Samo što ona nije učinila ništa. Nije insistirala da bilo šta kažem. Nije ni pitala. Mogao sam da prećutim. Ali nisam. Nešto me je u njenim očima nateralo da počnem da pričam, kao da joj dugujem objašnjenje. Možda jer sam slušao njenu priču, nadao sam se razumevanju umesto sažaljenja od kojeg sam celog života bežao.

Nikada nikome nisam ispričao svoju priču. Nikada nisam naglas izgovorio sve ono što sam rekao večeras. Nisam imao ni kome. Jer nikada nikoga nisam pustio dovoljno blizu sebe da bi mi postao toliko blizak. Ja ne puštam ljude u svoj život. Ja se ne vezujem. Pobogu, nisam nikada imao čak ni kućnog ljubimca jer nisam želeo da se ikada više vežem ni za koga.

I sada, kada sam izgovarao reči kao da sam ih i sam postao svestan, kao da se ta bol vratila, postala stvarna. Vremenom sam se izdigao iz svega toga i ponašao se kao posmatrač svog života, kao da se sve to nekome drugom dešavalo, kao da čitam tuđu priču. Sada i jesam pričao tuđu, Alijevu, ali šta je sa mojom? Hoću li ikada moći i o njoj da pričam? I zašto sada? Zašto njoj? To me je pitanje mučilo čak i više. Toliko je ljudi prošlo kroz moj život za sve ove godine i nikada nisam osetio potrebu da sa bilo kim podelim to. Mrzim je što je to izvukla iz mene. Mrzim način na koji deluje na mene. Mrzim činjenicu da me sada ima u rukavu jer zna moju tajnu. Mrzim sebe jer sam bio toliko nesmotren.

Čuo se zvuk vrata. Došla je. Mrzeo sam to što je tako blizu. Dovoljno blizu da je čujem i dovoljno daleko da mi bude blizu. Ustao sam i natočio sebi piće. Popio naiskap. Pa onda još jedno. A onda poneo celu flašu sa sobom. Jer kada rana krvari treba je oprati alkoholom, zar ne?

„Doktor ranu previja, a Bog je leči", Ali je stalno govorio. Ja sam svoju noćas dezinfikovao alkoholom, a jutros je previo dodatnim slojem zaštite. Pokupio delove svoje rasute duše i vezao ih u čvrsti čvor tako da ga više niko nikada ne bi mogao pokidati. Bio sam i biću sam svoj doktor. Ali Bog je i dalje ne leči. Niti vreme. Navikneš se, prihvatiš, ali nikada ne prežališ.

Gledao sam svoj odraz u ogledalu dok sam vezivao kravatu. Novo sivo odelo po meri, pantalone i prsluk, bela košulja... sve je bilo na svom mestu. Baš tamo gde i kako treba da bude. Vratio sam svoj oklop i spreman za novi dan udahnuo sam i izašao iz stana.

A onda se na drugim vratima pojavila Ajla istovremeno izlazeći. Bio sam u svom prirodnom modu, namrštenog izraza, jednako nadmen za spoljni svet kao i kada me je prvi put videla. Vratio sam se na fabrička podešavanja.

Spremao sam se mentalno na taj pogled sažaljenja, nova pitanja, znatiželju... sve sam spremno čekao da bih sve to izignorisao i ostavio bez ikakvog odgovora. Zatvarala je vrata i kada se okrenula ka stepeništu zastala je kada me je ugledala.

Čekao sam taj pogled. Ali nije ga bilo. Bila je savršeno staložena, sa svojim standardnim samouverenim stavom i nekom novom simpatičnom gordošću. Nasmešila se i klimnula glavom ka meni u znak pozdrava, što sam jedva primetno uzvratio.

— Dobro jutro — rekla je veselo prolazeći žurno pored mene i nestala kroz dvorište, ostavivši me zbunjenog.

Znao sam da je Ali sigurno zabrinut za mene i iskoristio sam priliku da svratim i pozdravim ga, bez obzira što će ona biti tamo. Razlog više da vidi i ona da sam onaj stari i da me ništa ne može poremetiti. Ali će znati. Dovoljno je samo da me vidi.

— Stari... — dozivao sam ga ulazeći kroz dvorište do studija gde sam ga pronašao za mašinom. Vrteo sam glavom u neverici smejući se. — Neke stvari nikada ne izlaze iz mode, a?

Nije me odmah čuo od buke koju je proizvodila, ne mnogo, ali dovoljno da me ne čuje. Okrenuo se nazad i skočio kada me je ugledao.

— Aleks, sine... — raširio je ruke ka meni i zagrlio me. — Brinuo sam se za tebe.

Klimnuo sam glavom.

— Znao sam da jesi, zato sam i svratio, da se i sam uveriš da je sve u redu — rekao sam sa osmehom, a onda signalizirao da ne govori dalje ispred Ajle, mada je nisam nigde okolo video, pretpostavio sam da se mota tuda.

— Ah, ne brini, Ajla danas nije ovde. Razgovarao sam sinoć sa njom, možeš računati na njenu potpunu diskreciju, mada nisam ni verovao da bi moglo biti drugačije.

To me je malo opustilo, mada ni ja iskreno nisam očekivao da će biti drugačije. Nisam je se plašio. A to je upravo bilo ono što me plašilo. Ironično. Ono što me je takođe plašilo je činjenica da me je to što ona nije tu, takođe uznemirilo. Zašto bi mene bilo briga gde je ona i šta radi? Još bolje ako mi nije ni pred očima ni u blizini. Ali znatiželja je pobedila.

— Kako to da nije tu? Je li otišla u nabavku nekog materijala? Nisi je trebao puštati da ona to završava, znaš da mogu poslati...

— Ima devojka pravo i na slobodne dane — Ali me zaustavio sa smeškom. — Ne znam je li par puta do sada izašla, mora dati sebi vremena i za predah i za lov na novu inspiraciju. Subota je, pobogu, i ti bi trebao da staneš malo.

— Razumem — rekao sam nevoljno. Ali nisam razumeo. Gde je otišla sama? A sa kim bi trebala da ide? Sa mnom? Ne znam šta se sa mnom dešava ovog jutra... izgleda da alkohol još uvek nije ispario iz mene. — Idem stari, posao čeka, a svratiću kasnije i do kluba. Imam i ja pravo na slobodan dan — rekao sam namignuvši mu u odlasku.

Kada sam izašao i uputio se ka kancelarijama video sam Ajlu kako ulazi u automobil pred kapijom i to je bez sumnje bio Mertov automobil, kao i sam Mert unutra. Viđao sam ga par puta u firmi u njenom društvu, ali je tu uglavnom bilo i drugih kolega. Nisam znao da su se toliko zbližili. I zašto bi to mene uopšte zanimalo? Samo što me zanima. I pravi me napetim. Još jedan osećaj koji mi nikako nije potreban. Možda je stari u pravu, i meni je potreban predah od posla. Zato sam odmah uskočio u automobil i krenuo u klub. Vreme je da se opustim i vratim starim navikama i svom životu.

15

- Ajla -

Za tri puna meseca koliko sam ovde, zbližila sam se sa dosta kolega. Svi su se trudili da budu fini i druželjubivi, otvoreni za bilo kakvu vrstu pomoći. To me je kod Turaka uvek oduševljavalo. Možda ponekad preteraju zabadanjem u tuđe stvari, ali su i uvek tu za svaku vrstu pomoći. Dok su Britanci totalno nezainteresovani.

Najviše sam se međutim zbližila sa Asli. Izašle smo par puta na kafu, obilazile grad, išle zajedno u šoping. Saznala sam da su ona i Mert u vezi. Bili su zaista lep par. I bilo mi je uživanje posmatrati ih kako su skladni. Pitala sam se da li smo možda i Dani i ja tako izgledali sa strane ili je drugima bilo vidljivo da nećemo uspeti? Da smo totalno različiti. Ali Mert je bio sasvim drugačiji i u ponašanju i u razgovoru. Videlo se da zaista voli Asli i želi sa njom da stvori porodicu. Dani nije sposoban da voli. Pa dobro, možda je samo mene teško voleti. Očigledno je drugu ženu voleo čim je izabrao nju. Ali, da je voleo ne bi je varao sa mnom, zar ne? Bože, nesvesno me napravio drugom ženom. Ili sam ja bila prva? Kad god se vratim mislima tamo nešto me novo ponovo iznervira i raspiri moj bes. Koliko sam glupa bila.

Asli je danas otišla u posetu svojima, a Mert me je zamolio da mu pomognem u pripremi iznenađenja kako bi je zaprosio. „Ti si dizajner, imaš i više nego dovoljno kreativnosti za tako nešto", rekao je. Naravno da sam rado pristala da mu pomognem.

Proveli smo ceo dan po prodavnicama, a onda ukrasili mesto koje je predvideo za to, sa Bosforskim mostom u pozadini, svećicama i neizbežnim vatrometom koji je bio spreman za ispaljivanje nakon njenog „da". Bilo mi je zaista uzbudljivo i radosno učestvovati u nečem takvom i jako drago zbog njih. Kada je sve bilo spremno i Asli bila na vidiku, sklonila sam se u dovoljno skriven prostor kako bih im celu stvar snimila za uspomenu. Asli je naravno rekla „da" i vatromet se oglasio dok su oni delili prvi poljubac kao verenici. Slika je zaista bila romantična i prelepa, ali „not my cup of tea"[6], pomislila sam. Nekako mi je suviše kliše. Predvidivo, očekivano. U trenu sam zamislila da bih radije da me neko zaprosi dok sam sva čupava, u trenerci, dok gledamo Netflix i jedemo kokice. Nasmejla sam se sebi. To se ipak nikada neće desiti, pa nemam tih problema.

Pojavila sam se da im čestitam i predam Mertu telefon sa snimkom, a potom ih ostavila same da uživaju u svom trenutku, a ja se obalom Bosfora uputila nazad tražeći taksi.

Napolju se već odavno smračilo kada sam se vratila i ušla u zgradu sa apartmanima. U holu zgrade, na jednoj od fotelja koje su tu stajale uz stočić za kafu sedeo je Aleks i s obzirom da ga nisam tu očekivala, da nisam nikoga tu očekivala, refleksno sam se cimnula. Nije izgovorio ni dobro veče samo mi je uputio ljutit pogled.

— Crteži za kolekciju nisu kod Alija, a ni kod dizajnerskog tima. Voleo bih da znam gde su?

Zastala sam zbunjena jer je zaista izgledao kao da je to pitanje života i smrti.

— Je li sve u redu? — pitala sam zbunjeno jer mi je neverovatno da me je čekao ovde do polovine noći zbog crteža.

Gledao me još besnije.

---

6 Nije moja šoljica čaja, nešto što ne volite ili niste zainteresovani za to

— Ne! Nije u redu, nije u redu jer su mi bili potrebni, a nije ih bilo nigde gde bi trebali da budu!

— Ja... uh... verovatno sam ih greškom ponela sa sobom u sobu. Odmah ću pogledati.

Popela sam se stepenicama što sam brže mogla, pronašla ih i krenula nazad da mu odnesem, no bio je već kod svojih vrata. Pružila sam mu fasciklu.

— Izvinjavam se, nije bilo namerno...

Oteo mi je fasciklu iz ruku.

— Ili se ponašaj tako da se ne moraš izvinjavati ili se ne izvinjavaj! — rekao je i zalupio vrata za sobom.

Šta je sad ovo bilo?

16

- Aleks -

Dani su se nizali jedan za drugim, svaki jednako bezličan, sa gomilom posla koji sam sebi natovario tamo gde i nije moralo, ali to je bio moj način života. Rad kao spas od razmišljanja. Sada više nego ikada. Nisam sebi ostavljao vremena za propitivanja, iscrpljivao sam sebe do te mere da bih se uveče takoreći onesvestio u krevetu i ujutru opet počeo novi krug. Trudio sam se da koliko god je to moguće svoje interakcije sa Ajlom svedem na najmanju moguću meru. Viđao sam je kada bih svratio do Alija, dolazila je u kancelariju kada je to bilo potrebno. Silio sam se da budem makar ljubazan, ali me je ponekad bes pobeđivao da bih prasnuo. Kao što je to bilo one večeri kada se vratila iz grada nakon što je ceo dan provela sa mojim računovođom. Nisam ni tada smeo da postavaim sebi pitanje zašto sam tako odreagovao.

Ona, međutim, to nije pominjala i nastavila je da se ponaša kao da se ništa nije ni desilo. Sa jedne strane mi je laknulo zbog toga, a sa druge sam bio zbunjen jer nisam znao šta misli. Ipak, prihvatio sam igru i ponašao se jednako. Kao da se ništa nije dogodilo.

Ali se događalo. Nešto se u meni događalo. Bes za koji nisam mogao odrediti uzrok smenjivao se sa osećajem opuštenosti kada sam u njenom društvu i ta me je trka izluđivala. Zato je bilo najlakše izbegavati biti joj blizu, kada god je to bilo moguće.

Ipak, sreća nije bila na mojoj strani u toj borbi, jer me je Ali stavio pred svršen čin obaveštavajući me o prijemu na koji bismo se obavezno trebali pojaviti. Reč je bila o dobrotvornom prijemu za donaciju odeće sigurnim kućama, projekat koji vodimo već godinama i naše nepojavljivanje bilo bi zaista neprihvatljivo. Osim što je sada i Ajla bila uključena u projekat i Ali je insistirao da krene sa nama. Nisam se mogao protiviti. Ovog puta Ali će biti sa nama, neću morati ni da razgovaram ako ne želim, tešio sam sebe.

Mirno sam čekao pored automobila da se pojavi kako bismo konačno krenuli. Ali se već smestio unutra, a pri ulasku me podsetio još jednom kao dete na manire i to da bih trebao sačekati da dami otvorim vrata.

— Dama ne bi trebala ostavljati nas da čekamo... kada smo već kod manira — dobacio sam mu zatvorivši vrata za njim na šta se samo nasmejao i odmahnuo glavom.

I onda se pojavila. Nosila je maslinastozelenu haljinu, širokih bretela sa pristojnim dekolteom, dužine do polovine listova, pripijenu u struku, dok se od struka nadole širila. U crnim sandalama na štiklu, podignute kose sa par pramenova koji su blago padali. Sve to upotpunjeno odgovarajućim nakitom, izgledala je baš onako kakva zaista i jeste. Prirodno. Lepo. Otmeno. Sa stavom.

— Neću se izvinjavati jer se nisam ponašala kako je trebalo pa kasnim — prvi ubod. Dakle zapamtila je dobro ono veče. — Zaboravila sam telefon pa sam se vratila po njega — mahnula mi je telefonom ispred nosa, te prošla i sela u auto. Još uvek držeći vrata teško sam progutao sve što se upravo odigralo i treskom ih zalupio, a onda zaobilazeći auto sklopio oči i podigao glavu ka nebu, u sebi se pomolivši za strpljenje.

Prijem je prolazio kao i svaki drugi, mnoštvo ljudi, usiljenih osmeha, neiskrenih pozdrava i komplimenata, dogovora oko novih poslova. Besciljno kruženje okolo sa čašom u ruci. Ali je uživao privilegije mnogih ljudi, bio je omiljen u svim krugovima zbog svoje mudre i blage naravi, opsedali su ga sa svih strana, a on se potrudio da svu pažnju preusmeri na Ajlu predstavljajući je kao novu zvezdu. Ne mogu reći da sam bio zadovoljan zbog toga. Delovalo je da je predstavlja kao svoju zamenu, što ona nikada ni u kom segmentu ne može biti. Uostalom, kao da je zaboravio da je ona tu još nešto više od dva meseca. A onda će otići kao i svi ostali iz naših života. Osetio sam blagi ubod u prsima od te misli, ali sam se potrudio da ga ignorišem.

Laknulo mi je kada smo konačno seli za sto kako bi poslužili večeru jer je to značilo da će ova farsa biti gotova uskoro. Ako ništa drugo ova će bar doneti nešto dobro ljudima, za razliku od mnogih beznačajnih na kojima sam nažalost morao da budem. Kao što sam i pretpostavio Ajla je bila usmerena na Alija i nije bilo potrebno moje uključivanje te sam posegnuo za telefonom kako bih proverio još neke imejlove.

— Aleks, sine, zašto ne bi pokazao svoje plesne veštine? — upitao je Ali u nekom trenutku. Čuo sam to kao kroz maglu.

— Hm? — promrmljao sam bez da sam podigao glavu sa telefona.

Pokazao mi je rukom ka podijumu za igru i taj pokret ruke sam uhvatio perifernim vidom te podigao pogled za njim, a onda ga brzinom svetlosti vratio ka njemu i pogledao ga pogledom „ne misliš valjda ozbiljno". Ajla koja je sedela između nas je gledala pravo napred ne uključujući se u razgovor, podižući čašu ka usnama.

— Hajde sine — pokazao mi je krajnje diskretno glavom ka Ajli, na šta sam odsečno odmahnuo glavom, ali je taj pokret očigledno uhvatio njen periferni vid pa je podigla pogled pravo na mene. Sada sam bio u klopci. Džentlmen sam uvek bio, a pogotovo sada ne želim razočarati Alija kada me je tome ceo život učio. Ustao sam, a onda se polako sagnuo pružajući ruku ispred Ajlinog lica.

— Ajla? — podigla je pogled, a ja sam joj glavom pokazao ka ruci.
— Da li bi mi učinila čast?...

— Oh, ja? — pitala je zbunjeno. — Ali ja nisam baš neki vešt igrač, bojim se da bih ti više smetala, ne bih želela da ti narušim reputaciju — rekla je polušaljivo.

— Neće mi biti prvi put u životu da se bavim amaterima, snaći ću se, ne brini — nasmešio sam se zajedljivo na šta je bacila iznervirano ubrus sa svog krila i ustala takođe mi se cinički osmehujući.

Ovo nije bila dobra ideja. Znao sam to još kada je Ali predložio. Trebalo je da nađem neki izgovor. Sada, kada mi je tako blizu i pritisnuta o moje telo sasvim sam uveren u to. Uspeo sam da zadržim svoje pokeraško lice, ako ništa drugo dok je moje telo pokušavalo da nadvlada moj mozak i natera ga da prizna koliko mi prija. Kao da sam prigrlio dašak vetra, deo neba... sve ono što smatrate nemogućim da se postigne u životu, a sada ste uspeli u tome pa ni sami ne verujete. Ovu „neugodnost" moramo prekinuti, poručio je moj mozak.

— Uživaš u večeri? — trudio sam se da budem ljubazan i neodređen prateći stari kliše.

Slegnula je ramenima.

— Lepo je, drugačije, nešto novo, volim nove stvari — rekla je na kraju neodređeno na šta sam podigao obrve. Zašto jednostavno nije mogla da odgovara sa „da" ili „ne" na postavljena pitanja, zašto je morala da bude tako, tako... drugačija.

— Verujem da bi ti više prijala gradska gužva, možda neki klub ili noćni izlazak, ali nažalost i ovo je deo posla koji moramo da ispoštujemo.

Namrštila se na moje reči.

— Odakle je to došlo? Taj zaključak? Zar ti ličim na takvu devojku? Molim te reci mi šta daje takav utisak jer potpuno je pogrešan — nasmešila se na kraju.

Sada sam ja ostao namršten.

— Oh, ne znam, par puta sam primetio da si izlazila kao i one noći kada si se kasno vratila pa sam verovatno...

— Zašto jednostavno ne pitaš šta te interesuje? Gde sam bila i sa kim? — zajedljivo je podigla obrve ka meni sa licem koje govori „uhvaćen si".

I jesam. Jer pojma nisam imao šta sada? Nisam imao iskustva sa ovako direktnim ženama. Uglavnom nisam ni razgovarao mnogo sa njima jer nisam imao o čemu. One koje su se malo duže zadržale uglavnom bi slinavile po meni gledajući me sa oduševljenjem i povlađujući svaku moju reč ili bilo koji gest. Topile bi se od mog neiskrenog osmeha ni ne primećujući da je lažan. Ona mi je čitala i misli. U nedostatku reči otvarao sam i zatvarao usta kao riba na suvom slažući facu kao da je nebitno ili nemam pojma o čemu govori ili nemam pojma šta za Boga miloga radim. A ona se sve više smejala svemu tome. Onako, iskreno, od srca. Pa, bar je bio lep prizor. Kada se pribrala nastavila je:

— Bila sam sa Mertom tog dana, pomagala sam mu da napravi iznenađenje za Asli — rekla je konačno i meni je iz nekog razloga laknulo, mada i dalje nisam najbolje razumeo.

— Asli? Kao moju asistenticu Asli?

Klimnula je glavom i dalje se smešeći.

— Da. Očigledno nisi znao da su ona i Mert u vezi.

— Naravno da nisam! Ne bavim se intimnim stvarima svojih zaposlenih. Niti sam nešto primetio.

— Pa, na poslu su diskretni, ni ja nisam sama primetila dok nismo izašli van par puta. Jako su dragi i brzo smo se zbližili. Mert je želeo da je zaprosi i zatražio je moju pomoć oko pripreme iznenađenja — završila je.

Ovo je ludo. Ja sam lud. Jer ja se sada smejem. Nisam ni verovao da ću se ovoliko obradovati svadbi moje asistentkinje.

— Pa, drago mi je zbog njih, čestitaću im prvom prilikom — rekao sam na kraju.

Nastavili smo da čavrljamo i smejemo se raznim stvarima, diskretno ogovarajući toalete koje su žene večeras ponele smejući se nekim neuklopljenim detaljima, kiču i šundu, vrištećem loše uparenom luksuzu da ni ne znam koliko smo se pesama tako ljuljali.

Muzika je stala, a desert je bio poslužen pa smo se vratili za sto. Moram priznati u odličnom raspoloženju. Ako je neko bio vidno raspoloženiji od nas bio je to Ali, na sliku tog prizora nas kako se smejemo.

Uglavnom nisam ljubitelj slatkiša i ovakve stvari preskačem, ali bio je to kolač sa jagodama koji mi je mama Esma stalno pravila i koji sam obožavao mada ga davno nisam jeo. Kako bi me podsećao na nju plašio sam se da bi imao gorak ukus. Pogledao sam u Alija, a on se setio istog i nasmešio mi se klimajući lagano. Kao da je ovo bio neki znak. Da mi kaže da je tu, da je i dalje mogu naći u malim stvarima, u sitnicama, da je iz nekog razloga izabrala baš ovaj trenutak da me na to podseti. Dečak u meni se probudio i oduševljeno sam uzeo pozamašan komad kolača i stavio u usta uživajući u tom ukusu ne razmišljajući. Ajla me pogledala široko otvorenih očiju.

— Zar ti nisi alergičan na jagode? — uzviknula je. A ja sam zastao tako punih usta, odmahujući glavom.

— Otkud ti to Ajla, dušo? — upitao je Ali.

Ja sam i dalje odmahivao glavom ni sam ne znajući da li zaustavljam nju da kaže ili njega da pita.

— Jela sam jagode nedavno i ponudila ga, a on mi je rekao da je alergičan na njih — pokazivala je rukom ka meni zbunjeno.

Ali je odmah ukapirao o čemu se radi i nije se ni trudio da sakrije svoj osmeh.

— Oh, sigurno je neki nesporazum bio u pitanju. Nije alergičan na njih... kako bih rekao... samo ih se plaši.

— Plaši se jagoda? — upitala je još zbunjenija.

Ja sam trpao kolač u usta ni ne trudeći se da ga jedem samo kako ne bih morao da se uključim u ovaj sumanuti razgovor.

— Ah, da... vidiš, voćke uglavnom imaju košticu u sebi i uvek je bio spreman na to, jagoda ga je plašila jer je sva tako mekana. Smatrao je da sigurno i u njoj postoji nešto skriveno što bi ga moglo povrediti — Ali se na kraju nasmejao blaženim osmehom kao da je detetu upravo ispričao bajku, a ne da nas je napravio budalama, ciljajući na mene, naravno.

— Aha, razumem — Ajla je ljubazno rekla na kraju verovatno se i sama pitajući u kakvom je paralelnom univerzumu i šta je čula.

17

- Ajla -

Napeti odnos koji je vladao između mene i Aleksa se znatno popravio nakon prijema na kojem smo se zbližili. Ne znam šta se desilo, ali je sve naprosto postalo samo od sebe opuštenije. Funkcionisali smo dobro, razmenjivali mišljenja, družili se sa majstorom Alijem nekim večerima, smejali se, zabavljali. Nije bilo ni traga onom mrgodnom čoveku kakav je bio do tada. Imao je svoje epizode, nije to bila baš promena od sto osamdeset stepeni, ali je uglavnom bio „normalan".

Ali i ja radili smo danima na jednoj unikatnoj kreaciji koju je naručila neka ugledna dama i sada kada je bila potpuno gotova trebalo je isporučiti. Majstor Ali je insistirao da idem ja jer ume biti kapriciozna, pa ukoliko bude bilo potrebe za nekim sitnim prepravkama da ih mogu rešiti na licu mesta. Rado sam prihvatila. Gospođa je, međutim, živela na ostrvu Prinčevskih ostrva[7].

Kako bi to za mene bio zaista veliki poduhvat da idem sama Aleks se ponudio da ide sa mnom i ne želeći da izneverim majstora Alija pred ovako važnim klijentom zdušno sam prihvatila bez ikakvog lažnog ponosa i fazona „mogu sama, velika sam devojka".

---

7 Arhipelag od devet ostrva koja se nalaze nedaleko od Istanbula, ali se do njih dolazi isključivo morem

Vožnja brodom trajala je nešto više od sat vremena, ali je vreme neprimetno prošlo u razgledanju pejzaža. Dobro, malo sam bacila pogled i ka Aleksu, priznajem. Pa šta? I u šopingu gledate izloge, čak i kada ne kupujete. Oči tome i služe. A on se pri tom potrudio da se izloži. U tim belim pantalonama i neboplavoj lanenoj košulji koja mu se slaže uz boju očiju... Uostalom, kada ste dizajner, upijate sve, nikada se ne zna šta vam može doneti inspiraciju, umetnici to mogu razumeti, to je samo... kreativni... haos ili tako nešto u glavi. Nema nikakvog drugog značenja.

Nakon što smo završili kod gospođe Ajhan, koja nas je i više nego kraljevski ugostila i bila oduševljena kreacijom i onim što smo napravili za nju, napustili smo njen mali dvorac sa mojim napumpanim samopouzdanjem, toliko da sam jedva prošla kroz vrata te ogromne vile.

— Hoćeš da prođemo po ostrvu kada smo već tu, imamo vremena, tek je jedan sat?... — Aleks me je upitao gledajući na sat. Bila sam i više nego oduševljena.

— Naravno — uskičala sam kao derište lupkajući rukama i potrčala napred šireći ruke kao da nekome letim u zagrljaj.

Aleks mi je objasnio da ovde nema motornih vozila, možete iznajmiti bicikl ili fijaker za vožnju kako biste obišli što više od ove lepote. Birala sam bicikle. Vozili smo se okolo i razgledali, zadirkivali se kao deca, trkali se na delovima gde je bio samo put i zastajali na prizore prelepih pejzaža kako bi ih slikala. Čak smo napravili i jedan selfi. I još jedan kada sam mu zatakla cvet iza uha smejući se dok je prevrtao očima toliko da je to bilo očigledno i kroz sunčane načare koje je nosio. Na kraju smo seli u restoran na ručak pre nego krenemo nazad.

— Mnogo ti hvala, bilo mi je prelepo. Ovo mi je tako trebalo — rekla sam spuštajući na sto šešir koji sam kupila da se zaštitim od sunca tokom vožnje i svoje naočare za sunce.

— Nema na čemu, bilo mi je zadovoljstvo — ljubazno je uzvratio.

Dok smo čekali konobara da donese porudžbinu, Aleks je proveravao nešto u svom telefonu, a ja sam gledala okolo.

Jedan je mladić prilazio za sto svojoj pretpostavljam devojci i pružio joj buket cveća. Ona se oduševila i ustala da ga zagrli. Da li joj je to potvrda da je voli? Jer i meni je Dani kupovao cveće. Ali me nije voleo. A ni taj mi se gest nikada nije dopadao. Ne umem da odreagujem kada mi neko pokloni cveće. Nekako mi je žao tih biljaka što su žrtvovane i što će uvenuti zarad malo lepote. U saksiji je već nešto drugo, možeš se starati o njemu, održavati ga u životu... ali vidiš, ona se iskreno oduševila i uživa u tom gestu. Možda ja samo nisam romantična. Suviše sam praktična. Je li me zato teško voleti? Možda to ubija moju ženstvenost...

Mora da sam dugo zurila u njih razmišljajući da nisam ni primetila kada je Aleks odložio telefon i pogledom ispratio moj.

— Je li sve u redu? — oprezno me je pitao na šta sam se trgnula i videla da gleda u njih pa u mene.

— O, da jeste. Samo sam se zamislila.

— Smem li da znam o čemu?

Pokazala sam glavom prema paru.

— O tome kako kupovina cveća, nakita... ona neverovatna prosidba od pre neki dan... sve to nije ljubav. Mešaju gest sa osećanjem — pogledala sam ka njemu. — Misliš da on nju voli samo zato što joj je kupio cveće? Da li ona misli tako?

Aleks me je gledao namršteno, kao da bi nešto rekao ali se suzdržava. Na kraju je progovorio:

— Ajla... ja... nisam... ne želim da misliš da je namerno, prosto sam se zatekao tamo... — pokušavao je da objasni nešto, ali kako mu je teško išlo shvatila sam da je u pitanju nešto što mi se neće dopasti. Birao je reči, počinjao i stajao, a onda na kraju samo rekao: — Čuo sam tvoju priču! One večeri kada si pričala sa Alijem... bio sam tamo.

OK, ovo nije dobro. Nije da je to neka tajna, ali ja još uvek krivim sebe ne znam ni sama zašto, ali još uvek osećam stid jer sam izigrana.

— Nisam želeo da ulazim u tvoju privatnost, izvini, ali tako se pogodilo. Krenuo sam kod Alija i zastao kada sam čuo da ste usred razgovora. Da, mogao sam da odem, trebalo je da odem, ali prosto nisam — na kraju je raširio ruke kao da se pravda.

Ćutala sam i gledala kroz njega.

— Želim da ti kažem da mislim da si jako hrabra i pametna žena. I da ništa od toga nije tvoja krivica. Nemaš razloga za stid. Taj čovek je samo jedan ljudski odron. Ne gledam te sa sažaljenjem jer nemaš za čim žaliti. To što je napravio je u stvari najbolja stvar koja ti se mogla desiti da ga se rešiš. Svi imamo loše procene. Dopušteno ti je da pogrešiš. Nemoj se stalno preispitivati. Nemaš razloga da sumnjaš u sebe. Gestovima, rečima ili na koji god drugi način apsolutno si vredna ljubavi i zaslužuješ da budeš voljena.

Suze su mi se nakupile u očima jer tako to obično ide kada neko krene da vas teši. Ali ih nisam pustila van. Onog momenta kada je rekao da ne oseća sažaljenje sve je nestalo. Ipak mi je nekako sve to bilo izlišno slušati od čoveka koji baš i nije znao šta je ljubav, a s obzirom da sam bila povređena činjenicom da on zna moju prošlost, a ja njegovu ne, da sam ogoljena pred njim iako to nisam želela, inat u meni je proradio. Povređena sam i želim da povredim.

— Da li čovek poput tebe zna šta je ljubav?

Namrštio se jer to očigledno nije bio odgovor koji je očekivao. Možda je očekivao plakanje na njegovom ramenu, dok ogovaram ološa od bivšeg momka i proklinjem ga, možda je na to navikao, ali taj film od mene neće gledati.

— U pravu si, ne znam. Ja nikada nisam bio voljen, niti sam voleo — rekao je gorko gledajući me pravo u oči.

— Pa, ljubav je besplatna. To može biti problem za nekoga ko je naučio da sve kupuje — na kraju sam i zavrtela nož koji sam upravo zabola.

Srećom konobar je doneo jelo i prekinuo ovu napetu tišinu na trenutak. Potom se nastavila dok smo završili sa ručkom izgubljeni svako u svojim mislima.

Vreme je počelo da se kvari. Odjednom su naleteli oblaci koji su smenili sunce i ubrzo je krenula kiša. Čekali smo račun dok je Aleks pokušavao da dobije kapetana kako bi nas vratio nazad. Ali, avaj, sa druge strane, u Istanbulu, oluja je bila već mnogo jača i sva isplovljavanja su zaustavljena. Do jutra.

Što znači da ćemo noć morati provesti ovde.

18

- Ajla -

Oluja je bivala sve jača, nevreme se pogoršavalo, praćeno obilnom kišom i grmljavinom. Bilo je nemoguće maknuti se sa mesta na kome smo se zatekli. Srećom, bio je u pitanju pansion koji je nudio i smeštaj. Loša vest je bila ta što je sve bilo bukirano jer je dosta turista ostalo „zarobljeno" da ovde provedu noć. Aleks je upotrebio sav svoj šarm, ali i moć da nam obezbedi sobe. Na kraju, uspeo je da dobije sobu. Jednu sobu. Što znači da ćemo biti zajedno u njoj. Celu noć. Nisam mogla da sakrijem da mi se ideja ne dopada, ali nisam imala ni izbora. Ako ništa drugo ni njemu nije bilo nimalo prijatno.

Sve je bilo još gore zbog reči koje sam mu uputila tokom ručka. Aleks se nakon toga povukao u svoj stari oklop, namrštenog izraza lica kao da mu spuštene obrve čuvaju stražu oko zidova koje je podigao. Grizla me je savest. Preterala sam. Nije to zaslužio. Obratio mi se sa razumevanjem, a ja sam na sve to pljunula.

Soba je bila klasična, ne preterano velika, sa jednim krevetom i dvosedom, sa stočićem u uglu, upaljenom lampom pored kreveta koja je jedva osvetljavala prostor. Uredna, čista i to je bilo sasvim dovoljno za ovu noć. Čak bi se moglo reći i romantična. Da je ovde iko bio romantičan. Ali kada u nju spakujete dve osobe kojima je osećaj za romantiku odsečen sa pupčanom vrpcom, onda deluje kao kutija.

Kutija čiji se zidovi sužavaju. Napetost je punila kao voda preteći da nas potopi. Još malo tišine i postaću klaustrofobična.

— Možeš se slobodno opustiti i koristiti krevet — Aleks je rekao pokazavši rukom na krevet dok je prolazio do dvoseda na koji je seo, a potom rukom umorno protrljao čelo.

— A ti? — uspela sam da izgovorim.

— Ja ću biti ovde — pokazao je na dvosed kao da je to sasvim normalno. — Ionako slabo spavam. Jedna noć bez sna neće mi ništa promeniti.

To mi je delovalo nekako tužno. Među tim je redovima bilo neizgovorenih reči kao što su razlozi koji ga noću drže budnim. Teško da je to bilo od prevelike brige za posao. Znala sam bolje. Isto tako sam znala da mu dugujem izvinjenje.

— Aleks... — prebirala sam reči po mozgu kako bih počela, sedajući na krevet preko puta njega. Blago je podigao glavu ka meni dok se laktovima oslanjao na kolena. — Rekao si da se ponašam tako da se ne moram izvinjavati ili da se uopšte ne izvinjavam.

— Izgleda da ti je to previše zapalo...

— Pusti me da završim, molim te, ionako jedva nalazim reči.

Klimnuo je glavom jedva primetno.

— Tamo... u restoranu, danas... ja... preterala sam. Nisam ti to trebala reći. Ali jesam. Bes me je poneo i ja prosto nisam razmišljala. Nisam tako mislila. Zaista. Ne mislim da ne znaš šta znači voleti i biti voljen. Ljubav ne postoji samo između muškarca i žene. Ja... za toliko vremena koliko sam provela ovde videla sam koliko te majstor Ali voli, kao i ti njega. U druge stvari nemam prava da se mešam. Ja... samo sam bila povređena i imala poriv da povredim, da uzvratim. Ali sam se pokajala istog trenutka. Samo želim da znaš da nisam tako mislila — ponovila sam na kraju.

Aleks me je gledao par trenutaka, možda i minuta kao da me proučava, kao da u mojim očima traži potvrdu onoga što sam rekla ili dokaz da lažem. Grmljavina je proparala nebo i munja sevnula što nas je trglo.

— Nisi rekla ništa pogrešno — jedva je izgovorio, promuklim glasom. — Ja nikada nisam bio voljen, niti sam sebi dozvoljavao da volim. Ali i Esma su posebna priča. Oni su moji spasioci. On je ostao moja zvezda vodilja. I jedino što mi je u životu ostalo, do čega mi je stalo. Sve ostalo sam puštao niz vodu. Nisam dozvoljavao da se zadrži. Tako je jednostavnije. Nema veze, nema rizika da ćeš biti povređen.

Mogla sam to da razumem nakon što sam i sama bila izdana, ali nikada o sebi nisam na taj način razmišljala. Sada kada čujem njega da to izgovora mislim kakav je to život kada se svesno odrekneš ljubavi, veza... Strah te dovede u stanje da radije prihvataš siguran zatvor nego slobodu prepunu neizvesnosti. Ja sam to isto radila. I to sam sada shvatila.

— Je li to... jesi li takav zbog neke žene iz prošlosti? — oprezno sam upitala, gledajući u svoje ruke na krilu dok sam preplitala prste od nervoze. Aleks se ironično nasmejao sam sebi i zavrteo glavom što me je nateralo da podignem glavu i zagledam se u njega.

— Moglo bi se reći da je jedna žena na kraju odigrala ključnu ulogu u tome da dođem do ovog nivoa. Iako je ta priča imala još učesnika koji su se takođe svojski potrudili, ona je zakucala poslednji ekser na kutiju iz koje više nisam izašao — ponovo se namrštio spuštajući blago glavu gledajući neodređeno negde u pod, želeći verovatno da sakrije suzne oči. Ali čak ni prigušeno svetlo nije moglo da sakrije taj očaj u njegovim očima. Teško sam progutala knedlu koja mi je zapela u grlu.

— Želiš li... da pričaš o tome?

Opet je uzeo trenutak da me sa razmatranjem pogleda.

— Nikada nisam pričao o tome. Ni sa kim. Ako pričam postaće suviše stvarno. Ovako je samo priča. Kao da je neko drugi doživeo.

Klimnula sam glavom.

— Poznat mi je taj osećaj. I sama sam ga gajila. I to tako predano kao da je biljka koja ne sme uvenuti. Vrtela sam ga po sebi, jer nisam smela da dopustim sebi da to ponovo proživljavam. Ali one večeri, kada si me čuo, kada sam ispričala sve to majstoru Aliju bez zadrške, bez straha od osude, bilo je tako lako. Pričala sam i pričala i u mislima se ponovo vraćala tamo, ali na kraju sam se osećala mnogo... lakšom. To nije ništa izbrislo. Sve je i dalje tu, u meni, ali se nekako teret smanjio. Nisam ga prebacila drugome. Samo sam deo skinula i ostavila sa strane. Da sam recimo tako otvoreno pričala sa svojom mamom prebacila bih joj teret jer bi se ona sekirala zbog mene. Zato nisam mogla. Kada sam to, međutim, izrekla pred takoreći strancem nisam imala tu grižu savesti razmišljajući o posledicama. Ne znam, mislila sam da bi ti možda pomoglo... samo sam želela da znaš da bih te saslušala ukoliko budeš rešio da nekome ispričaš — slegnula sam ramenima. — Ali razumem i da ne želiš. Na kraju nismo svi isti, ni u bolu ni u radosti.

Aleks je i dalje ćutke gledao u pod. Nakon nekoliko minuta ustala sam i krenula ka kupatilu kako bih se umila i došla sebi. Ovo je bio zaista naporan dan. Okrenula sam leđa i pružila korak.

— To je bila moja majka — Aleks je progovorio.

Ostala sam ukopana na mestu. I dalje okrenuta leđima. Nisam ovo očekivala. Mislila sam da ga je neka žena izdala kao što se meni desilo sa Danijem. Nisam znala šta sledi, ali sam znala da ne trebam ništa pitati. Samo ga pustiti da priča. Okrenula sam se polako i vratila nazad, sedajući ovoga puta pored njega na dvosed, okrenuta ka njemu. Gestikulacijom sam mu pokazala da sam spremna ako je i on. Da sam tu i da slušam. On je ostao i dalje okrenut napred, sa laktovima na kolenima, gledajući u prazno, odsutno se igrajući prstima.

— Otkad znam za sebe borio sam se. Nikada nisam bio dete. Nikada nisam imao detinjstvo bezbrižno kao i druga deca. A neproživljeno najviše boli. Koliko god da su se Ali i Esma kasnije trudili da mi sve to nadoknade moj um je već bio odrastao. Nisam razmišljao kao dete. Bio sam prinuđen da se suočim sa surovosti života jako rano. I to me je definisalo.

„Žena koja me je rodila učinila je to iz skroz pogrešnih razloga. Bila je opsednuta mojim... ocem. Činila je sve da je primeti, da mu se pokloni. Ipak, on je voleo drugu ženu. I bio je sa njom u vezi. Međutim, ta je žena dobila stipendiju da se školuje u Americi i naravno da je prihvatila. Otac je zbog toga bio ljut. On nije imao mogućnost da ode sa njom, mislim imao je, naravno mogao je da ode da radi tamo, ali oduvek je bio suviše sebičan. Više mu je odgovaralo da ostane na sigurnom i uživa beneficije koje je imao živeći u roditeljskom domu. Kako god, žena je otišla iako se on ljutio i branio joj. A on je onda potražio utehu u alkoholu. Moja... majka je to jedva čekala, da ga vidi tako ranjivog i iskoristi priliku da mu se približi. Tako sam nastao ja.

„Kada se saznalo njegovi su ga naterali da je oženi, naravno. Tako sklopljen brak bio je osuđen na propast. Samo što sam ja bio između. On nikada nije bio srećan, potpuno se predao alkoholu, a mene gledao samo kao prepreku svojoj sreći, kao da sam ja kriv što postojim, osuđujuće. To je naravno izazivalo sve veću frustraciju mojoj takozvanoj majci jer se nadala da će ga sa mnom konačno vezati. Da će ga pridobiti. To se nikada nije desilo. A ona nikada nije imala majčinski instinkt. Nakon što je shvatila da ja neću popraviti ništa među njima još više me je odbacila. Bio sam joj preveliki teret, neželjena obaveza. Bio sam jako mali, ali neke su mi njihove svađe ostale u umu. I danas ponekad čujem te glasove. Njihove rasprave, osude i na kraju kako me prebacaju među sobom kao lopticu. On se opijao sve više, ona je ludela sve više. Očevi roditelji su mu ukinuli svaku vrstu pomoći i podrške kako bi se doveo u red. To ga je nateralo da se pobrine za sebe. I jeste. Za sebe. Spakovao se i otišao u Ameriku kod žene koju je voleo.

„Imao sam pet godina. Onog trenutka kada je postala svesna da neće ni na koji način uspeti da ga vrati i da joj više ni ja nisam potreban već samo otežavajuća okolnost u životu majka je rešila da me se otarasi.

„Odvela me je u park. Sećam se da sam bio radostan jer se prvi put pozabavila mnome. I sada osećam miris jorgovana koji se pružao kroz park dok smo hodali. Pomislio sam kako će sada sve biti mnogo bolje. Sada, kada je otac otišao, mama će brinuti o meni. Shvatila je da me ipak voli.

„Igrao sam se sa decom u parku dok je ona ostala na klupi. Igrao se i igrao dok sumrak nije počeo da pada. Jedno po jedno dete su odlazili kako bi neko od roditelja prišao po njih. I ja sam krenuo nazad do klupe gde je ona ostala da me čeka. Ali nje nije bilo. Pogrešio sam klupu, pomislio sam. Pošao sam do druge, pa do treće... obišao sam sve klupe po parku, ali nje nigde nije bilo. Dozivao sam je, ali uzalud. Ljudi je bilo sve manje. Tek bi poneki zalutali prolaznik promakao. Uplašio sam se. Počeo da drhtim. Iako sam bio u majici nije bilo toliko hladno. Ali ja sam se smrzavao.

„Sklupčao sam se na klupi gde sam je ostavio. Možda će se vratiti, pomislio sam naivno. A onda sam počeo da shvatam da neće. Nikada neće i ostao sam sâm tamo. Počeo sam da plačem. Jecao sam sa glavom zabijenom među kolenima koja sam privukao grudima.

Aleksovo lice je bilo namršteno, pogled setan i udaljen, ali se i dalje stoički držao. Dok sam ja bila sva u suzama. Slivale su se niz lice bez mogućnosti da ih kontrolišem, samo sam bila tiha, jer nisam želela da ga bilo šta prekine. Grmljavina napolju mi je pomogla u tome. Bilo mi je žao dečaka koji je ostavljen. Dečaka koji je u njemu ostao zarobljen. Bila sam besna na ljude koji su ga stvorili. Iako, dobro je da jesu. Ali za njihov nemar nema dovoljno velike kazne. Aleks se onda setno osmehnuo.

— Tada je naišao Ali. Pronašao me je tako sklupčanog i uplakanog. Kako on kaže sam Bog ga je tamo poslao te noći. Voleo je da šeta uveče, ali je te večeri sreo starog prijatelja i zadržao se duže nego obično. Žurio je kući na večeru jer je znao da ga Esma čeka i rešio da preko parka prekrati sebi put.

„Bio je toliko obazriv kao da ću se slomiti ako me jače dotakne. Bio je to prvi put u životu da sam se sreo sa nečijom pažnjom. Nisam znao kako da reagujem. Jedan deo mene je želeo da ga prigrli, drugi se bojao. Ali sam mu se na kraju bacio u zagrljaj. Kada me je umirio ispitao me je kako sam tu završio. I ja sam rekao. Da me je majka ostavila. Da se neće vratiti. Naravno, svakom bi normalnom čoveku to bilo nezamislivo, pa je moju priču uzeo sa rezervom.

„Nadajući se da će policija naći moju porodicu ili da me čak i oni možda već traže poveo me njima. I njima sam isto ispričao, dao podatke koje su tražili. Nisu uspeli da dođu do moje majke. Kada se ceo taj postupak odužio, Ali se ponudio da noć provedem u njihovoj kući, a ne u policiji dok je ne pronađu. Znao sam da je neće naći.

„Ali je već tada bio neko ko je postajao poznat u visokim krugovima. Imao je iza sebe ime kao garanciju. Nije da ga ne bi mogli naći, ali je ostavio sve svoje podatke i pustili su me sa njim.

„Sećam se kada mi je te noći prvi put otvorio vrata svoje kuće. Mirisalo je na dom. Miris kojeg u našoj kući nikada nije bilo. Mama Esma je bila za šporetom, pravila je kolač. Onaj sa jagodama — tada se i sam zaplakao. Koliko mora biti povređen, emocionalno osakaćen da je bez suze u oku govorio kako ga je majka ostavila kao list na vetru, ali se zaplakao kada je pomenuo običan kolač. Nije bilo do kolača i to mi je bilo sasvim jasno. U tom su kolaču ostali svi njegovi dečački snovi, nadanja i maštanja. I dalje suznih očiju nastavio je svoju priču.

— Mama Esma je počela da ga grdi što je zakasnio pričajući o tome koliko se zabrinula i tek onda shvatila da sam pored njega i ja. Nije znala ko sam ni odakle sam se pojavio. Mogao sam čak biti i njegov sin za kojeg je u tom trenutku saznao i doveo ga kući, na primer. Nije imala pojma, ali to nije umanjilo sjaj koji sam video u njenim očima kada je kleknula ispred mene da se upoznamo. Nije pitala odakle sam se stvorio, samo me je zagrlila.

„I to je bio drugi zagrljaj u mom životu, drugi za pet godina koliko sam imao, drugi te noći jer me je Ali prigrlio prvi. Ćutao sam. Više nisam plakao. Ni tada ni ikada. Ali joj i dalje nije ništa pričao dok su me smeštali uz sto za večeru. Nije želeo da priča preda mnom, pretpostavljam. Ali ona se i dalje ponašala ljubazno, gledala me očima punim ljubavi. Ona njemu veruje, pomislio sam. Toliko da ga nije ni pitala zašto sam za njihovim stolom. Samo me je uslužila. Kao da sam sami plemić.

„Posle večere su mi namestili krevet u gostinskoj sobi. Kada sam se smestio u njega mama Esma mi je prišla, sela na krevet i zagledala se u mene. Namrštio sam se jer mi je to bilo strano, nisam znao šta želi od mene. A onda se spustila i utisnula mi poljubac u čelo. Mama to nikada nije radila. Bilo je lepo. Osetio sam se zaštićenim. I konačno nema one vike, možda ću moći i da spavam, pomislio sam.

Tada sam shvatila odakle potiče njegov problem sa spavanjem. Trauma koju je nosio iz detinjstva gde je još kao mali naučio da spava samo par sati jer ga je svađa njegovih roditelja budila. Noć je sada već dobro odmakla, ali nikome san nije bio ni na pameti.

— Kada je napustila sobu čuo sam dok joj je Ali obajašnjavao šta se desilo. Trudili su se da budu izrazito tihi, ali moj je sluh bio istančan od slušanja svega i svačega do tada pa sam čuo i njih. Mama Esma se sablaznula i proklinjala moju majku i njeno majčinstvo ne shvatajući kako je to mogla da uradi. To je ujedno bio i jedini put da sam je čuo da govori loše o njoj jer mi nikada nije rekla ništa protiv majke, iako je osuđivala. I u tome je bila njena veličina. Ona je imala toliko dobru a nesrećnu dušu, toliko je zaslužila da ima dece kojoj bi tu ljubav pružila, ali se nije dalo. Shvatio sam kasnije da je Bog u stvari nagradio poslavši joj mene. A i meni njome kompenzovao ono što nisam rođenjem dobio.

„Bog meša karte i deli ih kako on želi. I bira kada će ti baciti džokera. Tvoje je da ga prepoznaš. Ja sam svog dobio sa njima i čvrsto ga se držao.

„Sutradan ujutru, po mene su došli policija i socijalna sužba. Nisu me sklanjali niti štedeli razgovora. Njima je to bila rutina. Nisu robovali osećanjima da bi brinuli o psihi jednog petogodišnjaka. Situacija je bila takva da majku nisu našli kao što sam i znao da neće, već je napustila zemlju i definitvno je da me je ostavila. Došli su međutim do oca, objasnili mu situaciju, ali on nije hteo da preuzme starateljstvo nada mnom, nije želeo da se obavezuje jer je započeo život u Americi u kome nema mesta za mene očigledno. Sledeći bliski srodnici bili su deda i stric. Deda je bio već dovoljno star da bi se brinuo o sebi kako je rekao, mogao bi da pomogne finansijski ali ne bi smeo da preuzme odgovornost za mene. Stric je bio jedini koji je imao malo empatije jer mu je bilo žao da me ostavi samog, ali njegova žena nije bila spremna da delim išta sa njihovom decom.

„I tako sam ostao potpuno sam. Mama Esma je odmah rekla: „Neka ostane sa nama. Mi ćemo ga paziti." Ali joj je neko od tih ljudi koji su došli rekao da to ne ide tako i da će me morati smestiti u dom. Ona me znala manje od celog jednog dana, ali je htela da se bori za mene, borila se kao lavica, dok su me svi oni koje je priroda trebala da natera da me vole samo pustili niz vodu.

„Odveli su me u dom. Bio sam tamo neko vreme, dani su prolazili jednolično, ja sam ih provodio gledajući kroz prozor, ćuteći. Svaki je bio isti pa nisam ni brojao koliko ih je prošlo. Ostala su se deca igrala, a ja sam ih posmatrao. Zvali su me da im se pridružim ali nisam smeo. Zadnji put kada sam se igrao ostao sam bez majke. Iako nemam više šta da izgubim igra sa njima bi me podsećala na to. A ja nisam želeo da se sećam, želeo sam da zaboravim. Jedino što sam hteo da zadržim u sećanju jesu Ali i Esma i njihova bezuslovna ljubav i podrška koju su mi pružili.

„Gledajući tako kroz prozor jednog sam dana u dvorštu ugledao Alija, mahnuo mi je. Stajao sam zaleđen misleći da haluciniram i da mi se priviđa od prevelikog napora da ga zadržim u svojim mislima. Ali onda mu je prišla jedna od tih radnica iz Doma i pokazala mi rukom da siđem.

„Trčao sam kao metak i bacio mu se bez reči u zagrljaj. Ali je plakao nakon toga. „Ah, bre sine", rekao je grleći me i plakajući. Objasnio mi je da su on i mama Esma podneli zahtev kako bi me zakonski usvojili da bih mogao da živim sa njima. To mi je bila nada koja me je držala. Proces je trajao šest meseci i to uz silne veze koje je povukao, za to vreme su me posećivali svake nedelje. Taman pred polazak u školu uselio sam se u njihov dom i zvanično postao član porodice Jildiz.

Završio je sa smeškom koji se probijao kroz suze kojih mislim da ni sam nije bio svestan. Ni suza, ni mog prisustva, niti sebe samog.

— Petnaest godina kasnije mama Esma je umrla. I ja sam opet bio ostavljen... — sada je već počeo da jeca, nesvesno se okrenuo ka meni i zagrlio me je dok je tiho jecao u moje rame. Prigrlila sam ga i plakala sa njim. Nisam mogla ništa drugo sem da mu budem bukvalno rame za plakanje. Da isplače sve svoje suze koje je godinama držao u sebi. Da odbaci teret koji nosi kao što su oni odbacili njega. Bez razmišljanja, bez osećaja krivice.

Moji problemi izgledaju tako sitno i beznačajno u odnosu na to šta je sve ovaj čovek preživeo pa ipak ostavili su toliko nepoverenje i strah u meni. Ne mogu ni da zamislim sa kakvim se sve demonima on bori. Moj strah je ostao toliki da ni sada posle svega ovoga što sam čula, ove srceparajuće priče od koje bi i kamen zaplakao, nisam sigurna smem li da verujem njegovim suzama. I to je tako užasno. Ja sam totalno izgubljena.

19

- Aleks -

Probudio sam se bunovan, u prvi mah ne znajući gde sam, sve mi je bilo nepoznato. Onda sam se pribrao. Ostali smo zatočeni na ostrvu. Protrljao sam lice rukama. Scene su počele da mi naviru jedna po jedna. Moje slamanje, reči... okrenuo sam se po sobi, Ajle nije bilo.

Bio sam u krevetu. Pogledao na sat, već je devet sati. Nikada nisam tako kasno ustao. Nikada nisam toliko spavao. Osećao sam se izgubljeno. Ustao sam i krenuo u kupatilo, umio se hladnom vodom, i pogledao svoj odraz u ogledalu. Bio sam jednako ispijen kao i prethodnih dana, jer sam preterivao sa poslom i vežbanjem da se zaokupim, ali nešto je bilo drugačije. Nisam mogao da definišem šta, ali kao da me je neko drugi gledao u tom odrazu.

Čovek od sinoć... to nisam ja. A možda i jesam, možda sam samo pustio na površinu pravog sebe. Ajla je imala pravo. I dalje je sve tu, u meni, deo je mene kao što će uvek i biti, ali osećam se drugačije, lakše. Ostavio sam deo tereta pored puta, biće mi lakše da koračam dalje bez njega.

Ali bio je tu novi. Plašio sam se i da upitam sebe, zašto se to dogodilo upravo sada? Toliko godina, toliko ljudi koji su prošli kroz moj život... zašto sam se otvorio baš njoj? Šta to ima u sebi što me tera da se menjam? Obična žena kao i sve druge.

Možda jer je mogla da razume. Opet, ne mogu da kažem ni da neka druga ne bi, nikada nisam ni pokušao da ispričam, nisam želeo, nisam mogao. Nikada ni sa jednom ženom nisam ni razgovarao. Nisu se zadržale dovoljno dugo. Čim bih osetio da se spremaju ozbiljne teme, pobegao bih glavom bez obzira.

Ovo je bilo novo za mene. Koliko god sam od nje bežao toliko me privlačila kao vatra leptira. I to je bilo sasvim novo za mene. Ne znam šta ću sa tim osećajem. Potpuno mi je stran.

Kada smo već kod toga... krenuo sam da je potražim. I zatekao je u bašti pansiona. Sedela je za stolom sa dve šoljice kafe.

— Dobro jutro, očekuješ nekoga? — rekao sam prilazeći i pokazujući glavom u pravcu druge šoljice.

— Dobro jutro... pa, očekivala sam tebe. A znam pouzdano da piješ hladnu kafu jer od posla nikada ne stigneš zaista da uživaš u njoj. Zato sam je poručila da bi te sačekala. Pretpostavila sam da će ti prijati, ali ne moraš je piti ako ne želiš, naravno — rekla je sa osmehom.

Klimnuo sam glavom i sam se nasmešio približavajući šolju ustima.

— Hvala ti — rekao sam posle prvog gutljaja.

— Molim i drugi put — nastavila je da gleda u daljinu prema moru, a ja sam se zagledao u nju.

Zapitao sam se još koliko će zaista „drugih puta" biti? Još koliko ćemo zajedničkih kafa popiti pre nego ode? Jer otići će... kao i svi. Ipak, za nju sam od početka znao da će otići, da je tu samo jedno određeno vreme. Da li je možda to učinilo stvari lakšima? Pa da, to je to. Mora biti. Ili je to činjenica da ne želi da pusti muškarca blizu sebe, da se, plašeći se novih razočaranja povukla. Tako da ni za mene nema opasnosti. Mi smo dvoje ljudi koji ne žele da se vezuju. Zato možemo tako lako razgovarati.

Naglo se okrenula ka meni i zbunila se jer je moj pogled i dalje bio usmeren ka njoj, na šta sam i ja refleksno reagovao i dohvatio svoj telefon.

— Pozvaću kapetana, da vidim kada možemo da krenemo nazad, već od podneva imam sastanke — rekao sam. Klimnula je glavom u znak slaganja.

Povratak nazad prošao je kao i dolazak, u tišini. Svako sa svojim mislima i pogledom ka horizontu. Još jedna stvar koja mi se jako dopala kod Ajle je to što me nije pritiskala. Ponašala se kao da se ništa nije dogodilo, kao da joj nikada ništa nisam rekao, kao da smo i dalje dva potpuna stranca. Nije mi postavila nijedno pitanje iako znam da ih je imala puno i sinoć i sada, ali nije. Ćutala je i slušala. A najviše mi je značilo što ni jutros to nije pominjala, nije me sažaljevala niti gledala drugačije. Ništa se nije promenilo. Čuvala je moj ego netaknutim bez obzira na sve. I to je bilo tako oslobađajuće i umirujuće.

- Ajla -

Uletela sam u studio majstora Alija kao kometa, da se uplašio.

— Ja... izvinjavam se što kasnim... oluja... — počela sam zadihano, a on mi se umilno nasmejao.

— Sve je u redu dete, polako, diši, sedi, osveži se. Nema potrebe da paničiš, znam sve, Aleks mi je javio da ste ostali na ostrvu. Uostalom, i da nisi ni došla iz bilo kog drugog razloga ceo dan znaš da ti ne bih to uzeo za zlo.

— Vi ste tako divni... ja prosto ne znam kako da Vam se zahvalim za sve što ste učinili za mene i kako ste me tretirali, kao da sam Vam član porodice — rekla sam iskreno.

— Dođi — poveo me uhvativši me pod ruku. — Posao neće nikuda, može nas sačekati, idemo da popijemo čaj i popričamo malo.

Prihvatila sam sa zadovoljstvom. Razgovor sa Alijem je bio nešto što nikada ne bih odbila niti menjala za bilo koji izlazak. Bilo je zadovoljstvo slušati ovog čoveka, iskustvo koje je iz njega govorilo, emocija koje se držao, smirenost na kojoj bi mu pozavideli i monasi. I uvek je znao prave reči. Smestili smo se u njegov omiljeni kutak gledajući na baštu.

— Ko postupa sa poštovanjem, dobiće poštovanje. Ko sa sobom donosi slatkoću biće poslužen kolačićem sa bademima. Dobre žene privlače dobri ljudi[8] — rekao je Ali namignuvši mi i ja sam se nasmejala. — Reci mi, kako je bilo na ostrvu?

— Oh, sjajno, gospođa Ajhan nije imala nikakvih zamerki, niti je zahtevala neke prepravke, sve je odlično prošlo i bila je i više nego zadovoljna — sa ushićenjem sam istrtljala.

— To znam. Zvala je da se lično zahvali. Kako stoje stvari između tebe i Aleksa?

Ovo me je već zateklo. Nisam očekivala. Slegnula sam ramenima jer zaista nisam znala šta bih rekla. Nije kao da postoji nešto što bi moglo da se definiše kao konstanta među nama, ni slaganje ni neslaganje. Uglavnom smo funkcionisali zavisno od njegovog raspoloženja i mojih strahova.

— Dobro. Pretpostavljam... — naposletku sam rekla.

— Dobro kao zaista dobro ili dobro kao nećete se poubijati ako ostanete nasamo?

Sada sam se već glasno nasmejala.

— Ne, ne bih rekla da ćemo se poubijati, odakle vam to?

Ali je zavrteo glavom.

— Ja možda jesam star, ali davno sam prošao tim putem kojim vi idete. Reklo bi se da postoji određena netrpeljivost među vama. Ono što ja vidim je da ste oboje nezadovoljni svojim životima i da, koliko god to poricali, želite da se to promeni. A ono što vas navodi da želite je emocija.

Reč „emocija" me je vratila u sinoćni trenutak. Istina, nije mi ni na tren izlazio iz glave, ali sam se trudila da to potisnem kako ne bih Aleksa dovela u nezgodnu situaciju. Poslednje što mu je potrebno je povređeni ego ako bih ga podsećala da je plakao pred ženom. Znam takođe koliko je teško ogoliti tako dušu pred nekim. Sve što se desilo za cilj je imalo samo jedno — da pomogne izlečenju njegove duše, a ne

---

8 Rumi

da zadovolji moju znatiželju. I koliko god pitanja imala ostavila sam ih za sebe. Ako bude ikada želeo da priča o tome na takav način sam to je u redu, ali mu neću kopati po ranama, niti šetati po njegovom srcu bez poziva.

Ali je primetio borbu misli u mojoj glavi i strpljivo čekao da mu ih kažem, upitno podižući obrve.

— Aleks... rekao mi je šta... pa ispričao je svoju priču — rekla sam podižući glavu i gledajući ga u oči.

Ali se zapanjenog izraza lica refleksno povukao nazad, kao da mi je narasla još jedna glava. Možda i jeste, sve što nosim u ovoj nije više imalo gde da stane, pomislila sam.

— Zaista?!

Klimnula sam glavom.

— Rekla sam mu kako sam razgovarala sa Vama, o svojim problemima i strahovima i kako mi je nakon toga bilo znatno lakše, kao da sam se oslobodila nekog dela tereta... i prosto se tako pogodilo, posle nekog vremena on je krenuo da priča. Nisam ga prekidala niti sam ga bilo šta pitala. Samo sam ga pustila. I tada i nakon toga. Nisam na njemu primetila nikakvu promenu, nastavila sam da se ponašam kao i do sada. Nadam se da mu je bar malo pomoglo...

Ali se sada nasmejao očiju punih suza i stavio svoju staru ruku preko moje.

— Budi sigurna da jeste. Možda ni sam nije toga u potpunosti svestan, ali jeste. I ja sam toliko srećan zbog toga što se konačno otvorio. Beskrajno sam ti zahvalan.

— Ali ja nisam uradila ništa — pobunila sam se. Zaista nije bilo zasluga koje sam trebala da preuzmem.

— Oh, jesi — Ali se ponovo nasmejao.

— Ja... samo mogu da ga razumem. Pa, na neki način... ono što sam ja doživela je toliko beznačajno u odnosu na košmar u kome je on proveo prve godine svog života. Isto tako ja njega i njegovo ponašanje sada mogu bolje razumeti jer mu nalazim opravdanje za njega.

— Svakom je svoj teret težak onoliko koliko može da ponese.

— Da, ali njegov je mnogo teži. Volela bih da mogu da mu pomognem da ga makar podelimo da ne nosi sam — izgovorila sam to ne razmišljajući i smejući se jer je trebalo da bude smešno. Tako sam i mislila, ali ono o čemu nisam mislila je težina reči koje sam izgovorila. I nisam ih bila svesna sve dok me Ali nije upitao:

— Jer idete u istom smeru?

Zacrvenela sam se.

— Ja bih rekao da idete, ali vas sopstveni strahovi vrte po lavirintu tako da se ne možete pronaći. Onog trenutka kada ih budete odbacili sve će postati mnogo jasnije. Kao kada mlada podigne veo...

U očima su mi se nakupile suze, jer sam se setila Aleksovog lica koje je odisalo bolom dok je plakao, a ja mu čak ni tada nisam mogla verovati. Ako nisam tada kako ću moći ikada?

Te noći nisam mogla da zaspim. Sve mi se vrtelo po glavi. Aleksov slom, Alijeve reči i ono od čega sam najviše bežala. Moje emocije. Koliko god ne želela morala sam to da priznam sebi. Stalo mi je do Aleksa Harta više nego što bi trebalo. Mnogo više. I nije bio problem u privlačnosti. Hemija bi vremenom nestala. Problem je bio što sam znala da će ovo ostati i nakon hemije. Kao gravitacija. Ne mogu da se oduprem. Ali nemam ni poverenja. Kao da skačem padobranom. Padam, ali ne znam da li će se padobran otvoriti, a to je agonija.

Mislila sam da ću biti srećna kada iz svog akvarijuma skočim u veliko more. Ali kako sam brzo uhvatila udicu.

20

- Ajla -

Svoju sam spoznaju, naravno, sačuvala za sebe. Aleks mi, međutim, nije nimalo olakšavao. Naprotiv. Tretirao me je sa posebnom pažnjom, bio ljubazan na poslu, bio u mojoj blizini van posla, provodili smo vreme zajedno, smejali se, družili, delili različite trenutke. I to mi je sa jedne strane jako prijalo, ali sa druge sam se sve više gušila u činjenici da mi znači sve više. Uradila sam upravo ono, jedino ono što nisam smela sa ovim čovekom. Vezala sam se za njega.

Bilo bi mnogo lakše da je nastavio da se ponaša kao u početku, mrzovoljno i da me izbegava, da svodi naše susrete samo na nužne. Ali nije. Što sam ga više upoznavala i saznavala stvari o njemu postajao mi je sve draži. I nalazila sam u njemu sve ono što sam oduvek tražila. Sve ono što u Daniju nisam našla.

Još samo mesec dana, govorila sam sebi. Za mesec dana ćeš otići odavde. I onda će daljina učiniti svoje. Osećaji će vremenom izbledeti. Vreme leči sve. Samo što... vreme uglavnom ne leči ništa, samo vas vuče u agoniju sećanja.

Još jedna noć bez sna, još jedna noć preispitivanja, traženja rešenja, ubeđivanja sebe... kao i mnoge prethodne. Negde oko ponoći odustala sam. Izašla sam na balkon, ali ni tamo nisam nalazila mir gde uvek jesam, samo sam bivala sve više nervozna. Možda bih mogla da se spustim do bazena, otplivam malo kako bih iscrpela sebe i došla do sna.

Samo što ni na bazenu nisam našla mir, već svoj nemir. Aleks je bio tamo. Ležao je u bademantilu na jednoj od ležaljki zatvorenih očiju sa slušalicama u ušima. Odlično, pomislila sam, nije me čuo ni video, mogu da se vratim nazad. Ali sam se tom prilikom nesvesno potrudila da me čuje s obzirom da sam u žurbi krenula unazad i udarila u stočić bočnom stranom i refleksno vrisnula držeći se za bok gde je bol sevnuo. Pa sjajno. Ko još stavlja sto pored bazena!

Aleks je odmah skočio na zvuk buke, a kada me video u tom položaju u dva koraka se stvorio pored mene.

— Jesi li dobro? — zvučao je zabrinuto. Podigla sam ruke u vazduh, kako bih dokazala da jesam.

— Sve OK, stočić mi je skočio u zagrljaj.

Oboje smo se nasmejali.

— Dođi, sedi ovamo — poveo me i smestio na ležaljku pored svoje. Bol je počela da se smiruje, ali moje srce je ubrzavalo. — Ni ti nisi mogla da spavaš?

Odmahnula sam glavom. Sedeli smo jedan naspram drugog, svako na svojoj ležaljci.

— Izvini što sam ti poremetila mir. Izgledao si baš opušteno.

— Nije sve onako kako izgleda — rekao je sa smeškom. — Opušteno, ništa nisi poremetila, uostalom tvoje društvo je uvek prijatno — vratio se u ležeći položaj sa jednom rukom iznad glave i ponovo zatvorio oči. Prilagodila sam se novonastaloj tišini i ostala tako. Čuo se samo zvuk pumpi koje su prečišćavale vodu. A ja sam samo tako gledala u njega kako leži sklopljenih očiju. Nisam reagovala, možda nisam ni disala, samo sam se izgubila u svojim mislima. I upijala očima. Mučila sam sebe, jer sam upijala svaku crtu lica kako bih je upamtila jednom kada odem odavde. Uskoro.

— Pitaj! — rekao je posle nekog vremena, ne mičući se, i dalje zatvorenih očiju, da sam u prvom trenutku pomislila da je to bio plod moje mašte, ali je onda otvorio oči i okrenuo glavu ka meni.

Nisam morala da pitam šta. Znala sam. Od one noći kada mi je pričao o svom košmaru više niko od nas nije to pomenuo. Pitanja su lebdela među nama, ali ih niko nije izgovarao naglas. Sada se očigledno osećao spremnim da nastavi.

— Jesi li je ikada potražio za sve ove godine? — to je bila jedna od stvari koje su me najviše zanimale. Da li je ikada pokušao da pronađe svoju majku i pita je zašto je to uradila. Jer ja bih.

— Ne. Nikada. Da sam bio ostavljen možda i bih, ali bio sam odbačen.

— U čemu je razlika? — pitala sam zbunjeno.

— Ogromna je razlika. Možeš ostaviti nekog čak i ako ga voliš, iz različitih razloga. Ali kada se prema nekom odnosiš kao prema predmetu a ne osobi, jasno je da tu nema nikakve ljubavi. I na kraju ga odbaciš kao đubre pored puta... ne, nemam razloga da tražim jer nemam šta da pitam. Znam koji je razlog. Prosto je takva osoba. Nije nikada imala majčinski instinkt. Ni ona ni čovek koji je učestvovao u mom dolasku na svet.

Klimnula sam glavom.

— Nikoga od njih nikada nisam potražio, na kraju nisu ni oni mene. Ali me je pitao u nekom trenutku da li bih želeo, ali sam to kategorički odbio. Smatrao sam takođe da bi tako nešto bila izdaja njih koji su mi toliko ljubavi i pažnje pružili. Ali ni kasnije, kada sam postao svoj čovek, nezavisan i sa dovoljno sredstava da tako nešto uradim, nikada nisam imao želju za time. Ostavio sam to iza sebe. Nisam zaboravio ni oprostio. Niti ću ikada.

— Zar te nije taj potisnuti bes razarao iznutra? Nisi želeo da ga se oslobodiš?

Opet se nasmešio.

— Paralisao me je. Zatvorio vrata za sve druge ljude u mom životu. Ali ljude poput njih ništa ne dotiče. Ne bi mi bilo nimalo lakše ni da im istresem sve u lice. Da su imali imalo empatije ne bi tako postupili u prvom redu. Već su mi previše bola ostavili u amanet da bih povećavao zalihe. Sa ovom količinom sam uspeo da se saživim.

— Da si mogao da biraš svoj život kako bi ga napravio?

— Stari je uvek govorio da je svako kovač svoje sudbine. Ali ja ne mislim tako. Ja nisam birao da budem odbačen. Nisam imao izbora. Oni su izabrali mene, mislio sam. Ali kako sam odrastao shvatao sam da misli na razne izbore koje život stavlja pred nas. Uglavnom sam dobro birao to jest tu sam gde sam i hteo da budem. Ali bilo bi lepo kada bi svako mogao da zapiše svoju sudbinu, zar ne? Onda bi svi bili srećni. Pod uslovom da znaju šta ih čini srećnim. Da sam mogao da biram... pa izabrao bih za sebe roditelje baš kao što su Ali i Esma. Voleo bih da su mi oni i biološki roditelji. Znaš, da sam mogao barem neki talenat od njih da nasledim, mudrost.

„Bojao sam se čitavog života da ne postanem kao moji biološki roditelji, da ne budem tako bezdušan. Popijem pokoje piće tu i tamo, nekada se opustim, nekada poslovne prilike ili izlasci to zahtevaju, sasvim normalno, ali nikada nisam prineo čašu usnama, a da nisam pomislio šta ako postanem alkoholičar kao moj otac? Nikada nisam dozvolio sebi da zasnujem svoju porodicu. Jer plašim se da sam nasledio taj njihov nemar. Da neću biti sposoban da volim svoje dete... ta me pomisao užasava. Voleo bih kada bih to mogao da promenim.

Moje su oči zasuzile. Jer sam videla oca u njemu. Mogla sam da zamislim da ja imam dete sa njim. Ono što do sada nisam mogla da zamislim ni sa kim. A sada mogu i to sa osobom sa kojom nikako nije moguće.

— Ti bi bio divan otac — tiho sam promumlala, i sama nesvesna da sam to izgovorila naglas. Ali jesam. I to je dodatno probudilo njegovu pažnju. Uspravio se u sedeći položaj naspram mene.

— Kako to možeš znati?

Slegnula sam ramenima i razgledala okolo, svuda samo da ga ne gledam u oči.

— Prosto znam. Osećam. Vidim.

Tišina. Otkucaj srca. Dva. Tri.

— Kao što u njemu nikada nisi videla? Na taj način?

Naglo sam podigla pogled ka njemu preplašena, a on je to iskoristio i poljubio me.

Na tren sam se izgubila. Kao da sam upala u bazen ispred sebe i tonem sve dublje, a voda mi zaglušuje sve osećaje, sve misli, u nekom sam čudnom bestežinskom stanju. Kao da lebdim. Neka me je sila izbacila sa dna i hodam po vodi, laganija sam od nje. Kao kada kiša pada u more, stapa se sa njim...

Ali to je bio samo trenutak. Ne znam koliko je trajao, par sekundi ili minuta, meni se činilo da putujem kroz večnost. Ali na kraju tog tunela nije bilo svetla već zid u koji sam udarila i vratila sve svoje strahove. Ne, nisam smela ovo da dopustim. I ne, nisam smela da verujem.

Odgurnula sam ga i skočila kao poparena, hvatajući se za glavu.

— Ne! Ovo nije smelo da se desi — hodala sam uspaničeno gore-dole. Sve što sam htela je da pobegnem, ali sam znala da bi to bilo još gore.

— Zašto? — pitao je jednostavno pitanje, na koje ja nisam imala jednostavan odgovor. U ovom trenutku čak ni komplikovan.

— Jer ja više ne verujem nikome. Pa ni tebi.

Mogla sam da čitam bol sa njegovog lica.

— Zaista? Posle svega što smo prošli, svega što sam ti rekao... ti si bila jedina osoba kojoj sam se za trideset pet godina poverio! Nisi jedina koja ima problem sa poverenjem! Ako znaš sve to i slušala si me... bacio sam ti se pod noge kako nikada nikome nisam. Šta ti je još potrebno da bi poverovala? Šta? — govorio je jedva višim tonom, razdraženo. A ja sam plakala jer nisam mogla da nađem izlaz iako sam to svom svojom voljom želela.

— I on je isto tako radio... i lagao je — izgovorila sam cvileći i slegnula ramenima.

— Ja nisam on! — sada je već vikao, a ja sam plakajući zatvarala uši. Prišao je i uhvatio me za ruke. — Ja nisam on. I neću te izdati jer znam kako izdaja izgleda i koliko boli. Zašto bih uradio nešto što sam osetio na sopstvenoj koži. Kako to ne možeš da shvatiš logikom makar?

Odmahivala sam glavom i dalje tražeći nešto za šta ću se uhvatiti, ali nije ga bilo. Moj se padobran nije otvorio, a padala sam i gravitacija je pretila da me smrska o tlo.

— Problem je u tebi zar ne? — sada već mirnim tonom, iscrpljenim glasom mi se obraćao pa me pustio i udaljavao se. Namrštila sam se jer mi nije bilo jasno šta tačno hoće da kaže. — Ti u stvari ne umeš da voliš. Ni njega nisi volela — onda se ironično nasmejao. — Ti sve vreme zameraš njemu jer te je lagao i varao, ali jesi li ti bila bolja? Jesi li se to ikada zapitala? Koliko je lagao on tebe toliko si i ti njega. Ako ga nisi volela toliko da vidiš budućnost sa njim zašto si ostajala u toj vezi? Nisi pomislila da je možda samo on to shvatio i prvi se povukao? Šta daješ to i dobijaš, Ajla. Tako je za sve u životu. Ako držiš ruku zatvorenom ne samo da ne daš ono što je u njoj, nećeš moći ni da dobiješ ono što bi ti neko možda dao. Ne znam zašto si očekivala da dobiješ ljubav tamo gde je nisi dala.

Pogleda mutnog od suza, nesvesna svojih postupaka, podigla sam ruku i ošamarila ga. Jedva primetno, ali jesam.

Jer ponovo... bila sam povređena i htela sam da povredim. I istog momenta mene je zabolelo mnogo više. Gledali smo se par trenutaka bez reči, dok Aleks nije prekinuo agoniju klimnuvši glavom.

— Kamo sreće da sam ja svoju ruku držao i dalje zatvorenom! — rekao je. Zaobišao me je i izašao.

Ostala sam da pravim novi bazen od svojih suza koji će nadmašiti postojeći. Jer upravo sam uspela da izgubim čoveka koji me je možda mogao voleti.

I kojeg ja, bez sumnje, volim.

21

- Aleks -

Kada sam imao dvadeset godina, Ali je insistirao da mi kupi kuću. Nisam želeo da prihvatim. „Želim da je zaradim sam", rekao sam. Cenio je to, ali je smatrao da sam već u godinama kada bih trebao da imam svoj kutak, svoje društvo, mesto gde ću provoditi vreme sa devojkom na kraju. Nijedno mesto bez ikoga svog ne bi se zvalo dom, ali mu to nisam rekao. Na kraju smo našli kompromis. Želeo sam mesto na kome bih mogao da imam mir ukoliko poželim da odmorim glavu od svega.

Istraživao sam i pronašao takvo mesto. Jenikiftlik je mesto na manje od dva sata vožnje od Istanbula sa jedva preko 10.000 ljudi u kome su uglavnom vikendice. Tu sam napravio kućicu, više kao brvnaricu, za sebe. Kad god bih imao neki problem ili me je nešto mučilo znao sam da se nađem tamo, da u prirodi i miru pronađem odgovore na pitanja koja su me mučila.

Tako sam učinio i ovog puta. Nakon svega što se te noći desilo sa Ajlom, pokupio sam stvari i rešio da se sklonim. Poslao sam Asli uputstva obaveštavajući je da ću usled nepredviđenih okolnosti neko vreme biti odsutan. Srećom, u poslu sam imao takav tim ljudi da nikada nisam imao razloga za brigu. Znao sam da u bilo kom momentu mogu da im prepustim sve i da im verujem. Moje odsustvo ne bi ništa poremetilo, čak i da sam jednom mesečno svraćao sve bi besprekorno funkcionisalo. Moja opsednutost poslom nije bila razlog nepoverenja već izlaz. Beg.

Danima sam u glavi vrteo scenu sa Ajlom. Izjedao me osećaj krivice jer sam se tako poneo, dugovao sam joj izvinjenje. Ali nisam ga uputio. Samo sam nestao bez reči. Koliko god bio povređen njenim odbijanjem ili čak bio i u pravu nisam joj trebao kopati po ranama. Sa druge strane, nekada nam neko mora udariti šamar rečima kako bismo postali svesni očiglednog. Ipak, to ništa nije promenilo. U svakom slučaju bi otišla, govorio sam sebi. Navikao si da budeš odbačen. Ne bi trebalo da te to pogađa. Bio si spreman na to.

Ali mala nada je opet pronalazila put kroz pukotine do mog srca. Još mesec dana. Možda bi bilo najbolje da ostanem ovde sve vreme, dok ne ode. Možda bi bilo najbolje da se više ne sretnemo. Sama pomisao na to bila mi je bolna, ali susret posle svega ne bi nikom ništa dobro doneo. Ni sam ne znam kako bih reagovao. Bila je fatamorgana u mojoj pustinji.

Petog dana mog boravka dok sam sedeo u bašti upijajući zrake sunca i pokušavajući da se opustim, senka me je pokrila i naterala da otvorim oči.

Ali je došao. Jedino je on mogao znati gde sam. Nasmešio se kada sam ga pogledao. Ustao sam i zagrlio ga ćuteći. Kroz glavu mi je prošla misao kako je Ajla bila jedna od troje ljudi koje sam zagrlio za svojih trideset pet godina. Prva posle mama Esme i tate Alija. Jedino sam njima dopuštao da me zagrle, jedino sam sa njima osećao bliskost. A zagrljaj je za mene bio nešto najvrednije. Kao kada nekome predajete dušu na pladnju. Nešto najiskrenije. Zabolelo je ponovo koliko sam joj slepo verovao. Nije ona mene lagala niti mi šta obećala, nisam bio ljut na nju zbog toga, žalio sam što mi se taj osećaj rodio prvi put sa njom, a bio sam prinuđen da ga se odreknem.

— Kako si, sine? — Ali je na kraju progovorio tapšući me po ramenu, što me je naceralo da se odvojim i sednemo za sto u bašti.

— Dobro sam, sve je u redu. Samo mi je bio potreban mali predah, previše posla...

— Imam suviše godina i iskustva za tu priču... uostalom, tvoje iznenadno odsustvo i Ajlino stanje jasno daju do znanja da ništa nije u redu.

Želeo sam jako da pitam u kakvom je to stanju, ali nisam. Sačuvaću ono malo preostalog ega i ponosa. Čak i pred Alijem, jedinim čovekom koji moju slabost ne bi iskoristio.

Ali nisam imao ni odgovor na to, samo sam odmahnuo glavom. Ipak, poznavao me je suviše dobro da je znao šta me zanima bez i da sam izgovorio.

— Ne znam šta se desilo sa vama, ali Ajla hoda danima kao mumija, deluje iscrpljeno, ne spava, provodi noći šijući, ne jede... ne bih rekao da to ima neke veze sa njenom posvećenošću karijeri. Možda bih da sam je juče upoznao, ali danas znam bolje. Ti si nestao. Mada, znao sam gde si, ipak dao sam ti prostora i vremena, da budeš sam sa sobom, da izvagaš, razmisliš, doneseš potrebne odluke i zaključke. Pa, jesam li poranio sa dolaskom?

— Znaš da si uvek dobrodošao!

— Nisam te to pitao.

Uzdahnuo sam duboko zabacivši glavu i ispuštajući vazduh, a potom odmahnuo i zamislio se. Ali je strpljivo čekao.

— Oče, kako si znao da si zaljubljen u mama Esmu?

Iako sam i dalje gledao u nebo znao sam da mu se oči cakle. Kada smo odlučili da javnost neće biti obaveštena o našoj vezi nastavio sam da ga zovem „stari" kako se ne bih negde izleteo. Voleo je da ga zovem i tako, ali u ovakvim posebnim trenucima kada bih ga oslovio sa „oče" značenje je bilo posebno.

— Ah, bre sine... ne postoji recept za to. Da ga ima, odavno bih ti ga preneo. Kako je to Mevlana rekao: „Tražiti put do ljubavi razumom, isto je što i tražiti svetiljkom sunce". Prosto znaš. Osećanje kao što je ljubav se ne može opisati. Ali pokušaću. Esma je bila centar mog sveta.

Nisam mogao da zamislim dan koji ne bih sa njom podelio. Uživao sam da je slušam, da je gledam... krenuo sam za njom i ostavio sve za sobom. Nisam ni trenutka razmišljao, nisam se dvoumio. Znao sam da mi je dom tamo gde je ona, nigde drugde, ni sa kim drugim. Možda bi mi druga žena podarila dete, kako su moji želeli, ali čak ni to me nije zaustavilo, toliko sam je voleo.

Odjednom, spoznaja me je zapljusnula kao hladna voda.

— Nikada nisam na to tako gledao, ali u suštini čovek koji me je napravio učinio je to isto. Otišao za ženom koju voli. Samo što si ti imao savesti da odmah odabereš, nisi nikoga ostavio za sobom.

— Svako se od nas razlikuje i na drugačiji način reaguje na iste ili slične situacije. Ne postoji univerzalno pravilo niti merilo ljubavi. Nikada nisam razmišljao o tome koliko je veliko to što sam učinio za Esmu ili kolika je moja žrtva u svemu tome. Jer ja to nisam ni doživljavao kao žrtvu. Meni je to bilo potpuno normalno. Da me pitaš sada kakva je to emocija da ti objasnim ne bih mogao. Možeš fizički opisati bol kada osetiš, ali ljubav je nešto nefizičko, neopipljivo, a opet tu je među svima nama, kao peti element, kao šesto čulo. Nema uputstva za upotrebu, baš kao ni sam život. Niko od nas ne dolazi na ovaj svet sa uputstvom za upotrebu. Ako posmatraš život kao svojevrsnu slagalicu, kao nešto što trebaš spojiti iz delova, onda prvo pođeš od toga da ne dobiju svi ni iste delove. Svako sa svojim, sa onim što mu je dato da njime raspolaže, mora stvoriti ono što je potrebno da bi bio srećan. Sam meriš, sam sečeš, sam ispravljaš. I ne staješ dok ne budeš zadovoljan dobijenim.

— Prvi put se srećem sa nekim osećanjima. Zato mi je teško da ih tumačim. Da ih prihvatim. Da ih definišem.

— A to su?

— Ljubomora, na primer. Nikada ni na koga nisam bio ljubomoran, nisam imao razloga za to. Sada stičem utisak da mi smeta svaki trenutak koji provede sa nekim drugim, sama, kako god, ali ne sa mnom.

— To je nedostajanje. Ljubomora je posledica nesigurnosti i nepoverenja.

— Vraćam film i pitam se kako je uspela da se uvuče tamo gde nikoga nikada nisam pustio. Čime je zaslužila moje poverenje, moju ispovest koju nikome nisam poverio... I ne nalazim nijedan smislen odgovor. Ja nisam činio ništa što inače nisam, ponašao sam se identično kao sa svima do sada, ali ona je uspela.

Ali je napravio grimasu izvijajući usne u lagani osmeh.

— Upitaj sebe zašto je želiš pored sebe? Da bi se ti osećao bolje, da bi tebi bilo lepo ili da bi nju usrećio? Čije ti je zadovoljstvo bitnije?

Taman kada sam hteo da kažem da je prvi put za sve godine Aliju ponestalo mudrosti, da sam našao temu u kojoj nema skrivenog putokaza kroz njegove reči, on mi je zadao domaći zadatak.

— Bila je jedna devojka koja se vrtela oko tebe dok ste studirali, kako se zvala...

— Lara? — namrštio sam se

— A, da Lara... toliko je bila zaljubljena u tebe, trčala je za tobom svuda, bila je slatka, ali ti si bio samo ljubazan prema njoj, nikada joj nisi dao ni tračak nade. Kada sam te pitao tada zašto joj ne pružiš priliku ti si mi citirao Bob Marlija: „Oče, muškarac koji u ženi budi ljubav koju ne može da uzvrati je kukavica" — nasmejao se glasno i mene nasmejao kako me je imitirao. — Nokautirao si me. A ja ti sada vraćam podsećajući te na to. Nikada nisi bio kukavica — potapšao me je po kolenu i video sam da se sprema da krene.

— Hvala ti, stari. Znaš, nikada ti to nisam rekao, ali zaista ti hvala. Što sam tu gde jesam i što imam sve što imam. Sve je to vaša zasluga. Tvoja i mame Esme. I jedna od stvari za kojom najviše žalim je ta što nikada nisam imao hrabrosti da vam kažem, da izgovorim koliko vas volim.

Suze su mu se slivale iz očiju dok mi je rukom držao obraz.

— Pokazao si nam, puno puta — rekao je šapatom.

Krenuo sam sa njim da ga otpratim do automobila u kojem ga je čekao vozač.

Na kapiji se okrenuo.

— Ah, da, u stvari sam došao da ti kažem da sam Ajli ponudio da ostane. Onako kako sam i planirao kada sam ušao u sve ovo. Ponudio sam joj stalan posao u „E-Textilu". Kao vodećem dizajneru. Kao mom nasledniku kada se povučem.

Otreznio me je ovim, vratio iz letargije u koju sam upao. A onda sam se suočio sa strahom da će mi reći da je odbila i već otišla.

— To je za nju neverovatna ponuda, gledano sa aspekta karijere bolju u životu neće dobiti. Ali, bojim se da sada pitanje karijere neće biti ključno u odluci. Želeo sam da to znaš ukoliko želiš nešto da promeniš.

Nisam se dvoumio ni trena. Odmahnuo sam glavom.

— Naprotiv. Neću nikako uticati na njenu odluku. Neka bude onako kako ona želi.

— Ja sam svoj odgovor po koji sam došao, dobio — rekao je Ali sklapajući ruke pred sobom, smešeći se. — Ugodan boravak, sine. Vidimo se.

Dok se automobil udaljavao shvatio sam i sâm. Nju stavljam ispred sebe. Samo sam potvrdio ono što sam već znao, da je volim. Toliko da sam spreman da je pustim, iako će me to dovesti u još veći jad.

22

- Ajla -

Dok sam odrastala mislila sam da je ljubav ono što ljude dovodi u brak. Kada ste dete svet vam je crno-beli, tek kasnije upoznajete njegovu surovost. Gledajući svoje roditelje kako se vole smatrala sam da se na brak i decu odlučujete kada zaista nekoga volite. Nisam znala da može postojati million drugih razloga za to.

Ono u šta i danas verujem je da postoji razlika između ljubavi i zaljubljenosti. Zaljubljenost je faza koja prolazi. I uglavnom se temelji na fizičkoj privlačnosti. Neko vam se dopadne kada ga vidite, kasnije ga upoznajete i shvatite da li vam se dopada to što vidite ili ne. Zato sam kada mi se neko dopadao postavljala sebi pitanje: „Da li se vidiš sa njim u braku, da li bi mogla da rodiš dete tog čoveka?" I to mi je bilo merilo da li ga volim ili ne. Odgovor bi, međutim, uvek bio negativan. I ja bih znala da nisam otišla dalje od zaljubljenosti.

Kasnije, kako sam upoznavala svet dodavala sam na tu listu još pitanja. S obzirom da su se moji roditelji uvek kretali u krugovima dobrostojećih nužno sam i ja završavala u takvom društvu. Zbog škole, kućnih prijatelja... onda bih sebi postavila pitanje: „Da li bi ostala sa ovim čovekom i da nema novac, status, neki položaj?" Ako bi odgovor bio negativan, kao što jeste u većini slučajeva, znala sam da je upravo to ono što me je privlačilo. I da će vremenom proći.

Zaključak je da je ljubav ono što ostane kada hemija koja vas je spojila nestane. Zaključak je da ja nikada nisam volela. Bila sam zaljubljena, ali nisam volela. Do sada. Jer sva svoja glupa pitanja koja sam sebi postavljala sada sa Aleksom, imala su potvrdni odgovor.

Da, volela bih da imam decu sa ovim čovekom. Da, volela bih da ostanem sa njim ceo svoj život bez imalo straha na tu pomisao. I, da, čak i ako ne bi imao ništa od onoga što ima.

I da, upropastila sam priliku za to, što me ponovo baca u očaj, jer mi se čini da i udah bez njega u blizini boli. Ne kažu uzalud da dok ne izgubiš nešto nisi ni svestan koliko ti je značilo.

Aleks je nestao nakon one noći kada smo se, pa može se reći posvađali. Svesna sam činjenice da Ali zna gde je, ali nisam pitala. Niti sam krenula za njim. Bilo mu je potrebno vremena kao i meni da to posložimo. Ipak, nakon deset dana, već mi sve više nedostaje njegovo prisustvo. Ni na šta ne gledam isto. Ništa mi ne pričinjava zadovoljstvo. Sve je izgubilo boju.

Bio je u pravu. Za sve što je rekao. Nikada nisam posmatrala stvari iz drugog ugla. Fokusirala sam se na svoju povređenost kao i uvek. Na to da sam ja izdana, prevarena, ostavljena. Valjda je uvek tako, gledamo samo sebe kao žrtve ne stavljajući se u poziciju druge strane. Naravno da ne nalazim opravdanje za Danija. Njegov čin je bio krajnje kukavički i nizak, ali kada sam se smirila, izdigla iz situacije i pogledala na celokupnu situaciju „odozgo", shvatila sam da je Aleks bio u pravu. Ni ja njega nisam volela. Nisam videla budućnost sa njim. Zašto sam onda ostajala u toj vezi? Šta sam čekala da se dogodi? Da on prvi odustane? Šta me je tu zadržavalo? Navika? Društvene norme? Strah od samoće? Šta god da je bio razlog jedno je sigurno — nisam ga volela.

Ipak, sebično sam prihvatala svu pažnju koju mi je pružao, koliko god ona bila lažna. Da mi je bilo stalo možda bih i primetila da je lažna. Ali nisam. Samo sam uzimala i ništa nisam davala. Ja iz te veze nisam izašla povređena jer sam volela, niti jer sam nešto izgubila. Bio je povređen samo moj ego. Da sam ja njega ostavila ne bi me ništa što se kasnije desilo povredilo.

To naravno ne umanjuje moj strah da bi me neko i dalje mogao lagati, a da to ne primetim. Ali „čovek samo srcem dobro vidi, bitno je očima nevidljivo", zar ne? Da sam gledala srcem možda bih i videla.

Dok sam se ja borila sa svojom spoznajom i grižom savesti kao i Aleksovim odlaskom, majstor Ali je pred mene stavio novu dilemu. Ponudio mi je stalni posao u njihovoj firmi. Kao glavni dizajner, kao neko ko će ga naslediti onog trenutka kada se bude povukao. Ne bih mogla rečima da opišem koliko je ovo značajno. Ne samo kao poslovna prilika već i kao svojevrsno priznanje za dugogodišnji trud i rad.

Ali Jildiz, čuveni dizajner i krojač smatra da sam dostojna toga da ga zamenim. Ono što niste ni u snovima mogli da zamislite. Vaš idol, na koga ste se ugledali, čiji ste stil sledili, rad pratili, gledali snimke modnih revija, divili se njegovim skicama i radovima, sekli radove iz novina... već mi je bilo nezamislivo i da sam dobila priliku za ovu praksu od šest meseci rame uz rame sa njim, ali ovakva prilika? To ne bih pomislila ni u najluđim snovima. Do isteka moje prakse ostalo je još nešto manje od mesec dana, ali mi je dao vremena da o svemu dobro promislim i bez žurbe odlučim.

Ono što je bilo jako bitno ovde je da prilikom odlučivanja odvojim poslovno od privatnog. Nisam želela da situacija sa Aleksom ni na koji način utiče na moju odluku vezano za karijeru. Ali je nužno uticala. Iskrena da budem, prihvatila bih priliku sa ushićenjem istog momenta, ali momenat je bio više nego nabijen različitim emocijama i morala sam da nateram sebe da povučem kočnicu i dam sebi vremena da sve dobro posložim u glavi i srcu, da se priberem i pustim par dana da se slegne pre nego konačno kažem svoju odluku.

Želela sam to više od ičega. Uostalom, Ali mi je postao toliko drag i kao osoba, ne samo uzor u poslu, smatrala sam ga članom porodice. On se tako i postavio prema meni. Nisam želela da takvu osobu izbacim iz života jer je pravi dragulj. Ali nisam želela ni Aleksa van svog života, i ostanak ovde značio bi da će na bilo koji način on ostati deo njega. Ali koliko sam spremna da prihvatim? Jer ovo nije nešto na šta ću za mesec dana reći „predomislila sam se, hvala vam, ali ipak idem". To se protivi mojim moralno prihvatljivim načelima. Da ne govorim o radnoj etici.

Ako bi Aleks prihvatio moje izvinjenje i pružio mi još jednu šansu... pa barem bismo pokušali, ali to ne znači nužno i da bismo uspeli. Onda bismo došli u istu situaciju kao i ako mi ne bi pružio drugu šansu i ostali bismo na distanci. To ne bi bila zdrava situacija niti bi se na posao dobro odrazilo koliko god bili oboje profesionalni. Šta ako bi jednog dana Aleks ušetao ovamo sa nekom ženom. Ja svoju ljubomoru ne bih umela da sakrijem. A sve i da uspem izjela bi me iznutra... a onda, prvi put stavila sam se i u njegovu poziciju.

Šta ako bi njemu smetalo moje prisustvo ovde? Ne bih želela da mu stvaram nikakvu nelagodu... I... opet sam zaglavila u ćorsokaku.

Narednog jutra odlučila sam da sa Alijem popričam otvoreno, ako ništa drugo to je najmanje što zaslužuje.

— Što se tiče Vaše ponude... — počela sam dok sam mu sipala čaj, a onda sela preko puta njega. Uzdahnula sam kao da će mi vazduh uneti potrebne reči da nastavim. — Puno sam razmišljala, ali mislim da neću moći da donesem ovu odluku dok ne razgovaram sa Aleksom — rekla sam na tren spuštajući glavu jer mi je bilo neprijatno da ga pogledam u oči, a onda sam podigla pogled samo na tren i zatekla znatiželju u njegovim očima.

Pretpostavila sam da mu Aleks nije ispričao detalje našeg poslednjeg susreta i da me ne gleda kao krivca, ali ja sam sebe gledala i to je bilo dovoljno. Moja savest mi je govorila da se stidim. Jer sam to i zaslužila. Alijev pogled me, međutim, nije osuđivao, kao ni nikada do tada, podsticao me je da nastavim dalje.

— Aleks i ja... pa pretpostavljam da ste i sami uvideli da se nešto među nama dogodilo. Neću Vas zamarati detaljima... poenta je da ja zaista želim da prihvatim Vašu ponudu i ne bih ni trena o tome razmišljala, odmah bih onog dana dala potvrdan odgovor. Ovo je za mene nešto nestvarno. Ostvarenje snova koje se nisam usudila ni da sanjam i želim da znate da bez obzira na krajnji ishod beskrajno sam Vam zahvalna samo na prilici koju ste mi pružili da Vas upoznam, a kamoli da radim sa Vama i sada ovo... zaista ne mogu naći reči da Vam dočaram svoje ushićenje i polaskanost.

„Da se odluka tiče samo mene istog bih trenutka rekla da pristajem. Svim svojim srcem sam ušla u ovo i tako bih i ostala. Ali, stvari su se promenile od trenutka kada sam došla ovde. Više nije reč samo o meni i mojim željama. Ako bi Aleksu bilo i najmanje neugodno da ja ostanem ovde i da radimo zajedno ne bih ga dovodila u takav položaj. Ne bih mogla to da mu učinim.

„Da ste me pitali kada sam došla, naravno da me ne bi bilo briga ni za šta i ni za koga, ali ta mi je sebičnost ostala negde uz put. Ja znam da će mi biti dobro sa njim ako njemu bude dobro sa mnom. Ali ako nije, ja ću skupiti svoje snove i vratiti se nazad. To nije cena koju bih mogla da platim koliko god to želela.

Ali me je posmatrao suznih očiju. Ćutao je neko vreme kao da je tražio prave reči, a meni se srce steglo jer sam se bojala da sam ga razočarala. To bi mi bilo jednako bolno kao i da sam ga morala odbiti.

— Odrasli ste... — konačno je rekao, nisam razumela u prvi mah šta je time mislio. — Aleks i ti... pomogli ste jedno drugom da odrastete, da pređete preko nekih svojih trauma, da se pomirite sami sa sobom...

— Ali smo se zato međusobno posvađali — promrmljala sam i ironično se nasmejala. Ali je odmahnuo glavom.

— Samo ste se uplašili svojih spoznaja, novih lica koja ste otkrili u sebi, novih emocija... doći će sve to na svoje mesto... verujem u to. Ja sam to prepoznao još na samom početku, vama je trebalo dosta vremena, ali ste na kraju ipak uspeli. Drago mi je da nisam pogrešio.

Namrštila sam se. Nisam ni bila svesna da se Aleks i ja zbližavamo do momenta kada je već sve bilo gotovo a ja bila trajno vezana za njega, a Ali je to primetio u startu? Valjda vam ljubav to učini, otupi vas.

— Jeste li se Vi ikada posvađali sa svojom suprugom? — ne znam odakle mi je to došlo. Poznavajući Alija tako smirenog i staloženog svaki put bilo mi je teško da zamislim da bi se ikada mogao naljutiti, povisiti ton, uputiti ružnu reč. Ali se nasmejao.

— Naravno. Onoliko puta. Ljudi smo na kraju. Svi smo različiti, ne poklapaju nam se uvek navike, karakteri, potrebe, ali čovek se mora naučiti strpljenju. Bude loš dan, nismo svi istog raspoloženja, nije svaki dan lep i ugodan, život donosi pred nas različite izazove, sve je to normalno. Važno je da na kraju dana kada legnete jedno kraj drugog pustite tu ljutnju i prigrlite jedno drugo. Nekada je potrebno reći izvini nekada i nije. Dovoljno je da ste tu, oboje i jedno za drugo. Lako je zavoleti nečije vrline. Kada zavoliš, prihvatiš i nečije mane onda znaš da si na dobrom putu. A svi ih imamo. Niko nije savršen. Samo se morate držati zajedno. Biti jedno drugom podrška.

Na drugom kraju salona stajao je jedan orman u kome su bili okačeni neki od modela na kojima smo radili. Ali je pogledao ka njemu zamišljeno.

— Vidiš onaj orman tamo. Ima dvoje vrata. Može se koristiti i ako su jedna pokvarena tako da se ne mogu otvoriti, ali to bi otežalo njihovo funkcionisanje. Otvarali bismo samo druga koja funkcionišu kako bismo došli do onoga što nam je potrebno. Vremenom bi se i ona pokvarila, a onda on baš nikakvu svrhu nema. Tako je i u braku. Ako samo jedan vuče ne ide. Vremenom se i on umori i odustane. I sve ostane samo na papiru — pogledao je ka meni.

Klimnula sam glavom. Razumela sam kao i uvek šta je hteo da mi kaže. Ovo neće uspeti ako se i Aleks i ja ne potrudimo. Ja sam bila spremna za borbu ali nisam znala je li i on.

— Razgovarao sam sa Aleksom vezano za ponudu. Tačnije, rekao sam mu da sam ti je dao, ali nije želeo da utiče na tvoju odluku. Poštovaće ono što ti budeš odlučila.

To me je saznanje u isti mah obaradovalo ali i spustilo. Da li to znači da bi me pustio ili da bi voleo da ostanem? Stavio je moje želje ispred sebe, kao što sam i ja to učinila sa njim. To bi trebalo da bude dovoljan odgovor zar ne?

23

- Aleks -

Do Ajlinog odlaska ostalo je još deset dana. Stari mi nije rekao kakvu je odluku donela. Rekao sam da ne želim da znam. Ali, ukoliko je odlučila da ode, bio bih kukavica da je pustim bez pozdrava. Toliko joj dugujem. Bez obzira na krajnji ishod ta me je žena trgla i pomogla mi da se suočim sa sobom, sa svojim traumama i ličnim porazima. Dugujem joj i izvinjenje. Dugujem joj zahvalnost. Dugujem joj barem toliko da joj poželim sreću u životu. Vreme je da se vratim nazad...

— Dobar dan, Aleks, drago mi je da si ponovo tu — Asli me je pozdravila iskrenim osmehom kada sam ušao u firmu. Uzvratio sam osmehom. Nešto na šta baš i nije navikla, rekao bih po oprezu na njenom licu.

— I meni je drago. Daj mi par minuta pa ćemo proći sve što je zahtevalo moje prisustvo, a da nismo mogli rešiti putem imejla.

— Naravno. Da donesem kafu?

— To bi bilo odlično — pošao sam ka svojoj kancelariji, a onda zastao. — U stvari... ne. Otići ću najpre do Alija, nisam mu se javio da sam stigao, pa ćemo onda krenuti sa poslom — jezik me je svrbeo da pitam za Ajlu, ali to nisam mogao nju pitati, a starog neću ni morati, reći će mi sam, biće dovoljan jedan pogled i znaću na čemu sam. Uostalom, ona je sigurno tamo. Koga lažem, želeo sam da je vidim.

— Oh, gospodin Ali je ovde, u dizajnerskom odeljenju, prolazi kroz program za skice sa Zejnep.

— Oh, ako je tako onda molim te kada budu završili, reci mu da sam tu, da dođe do mene.

— Naravno — nasmešila se.

Namrštio sam se čim sam zatvorio vrata i krenuo ka stolu. Zašto bi prolazio sa Zejnep skice? To je Ajlin program, onaj koji joj je otac napravio. Možda je i ona tamo. Čudno mi je sve to.

Dohvatio sam se papira i laptopa, sastanaka koje sam odlagao i morao da im napravim raspored. Nisam registrovao kada je Asli donela kafu. Čak ni kada sam je popio. Bacivši pogled na sat video sam da je prošlo više od dva sata kako sam stigao i zabio nos u papire. Ali se konačno pojavio na vratima.

— Sine... — krenuo je ka meni raširenih ruku. Sa osmehom sam mu se bacio u zagrljaj i potapšao ga po ramenu. — Dobro došao kući — rekao je sa osmehom i seo u fotelju naspram mene.

— Bolje te našao. Kako ide? — gazio sam kao po minskom polju plašeći se bilo kakvog saznanja, a opet sam želeo da što pre znam šta se dešava.

— Jako dobro. Zadovoljan sam.

Izgleda da mi neće olakšati ovog puta, pustiće me da se mučim.

— Bio si sa Zejnep? — pitao sam zbunjeno. Samo je klimnuo glavom. Dakle, nateraće me da pitam. — Šta je sa Ajlom?

— Ajla je u Londonu — rekao je sa konačnošću u glasu kao da saopštava vesti na televiziji, dok je meni odzvanjalo u ušima i imao sam utisak da se sve lomi oko mene.

— U Londonu? Zar nije trebala biti ovde još deset dana?

— Tako je. Ali smo skratili njenom željom.

— Razumem — čvrsto sam rekao iako nisam razumeo. Nisam mogao da verujem da je uspela tek tako da ode. Toliko toga neizgovorenog je između nas. Kamo sreće da sam se ranije vratio. Ali sad je kasno za „kamo sreće", zar ne? Jedna od najglupljih fraza za kajanje. Asli je ušla sa izvinjenjem.

— Gospodine Ali, stigla su gospoda sa materijalima, rekli ste da Vas odmah obavestim.

Ali je skočio na noge odlazeći.

— Ah, da, hvala ti, dolazim odmah — onda se okrenuo ka meni. — Drago mi je da si se vratio. Ostaviću te da se vratiš svojoj rutini, moram da se pobrinem za ovo — rekao je i otišao.

Ostao sam da stojim tamo. Sa pitanjima na koja mi sada samo on može dati odgovore, a on je otišao. Vratiti se rutini. Kako se to tačno radi? Zaboravio sam.

24

- Aleks -

Te noći opet nisam spavao. Potražio sam Alija kada sam završio sa poslom, ali Asli mi je rekla da je ostavio poruku da je otišao na večeru sa poslovnim partnerima koji su dolazili na dogovor oko materijala. Ostao sam bez odgovora. Vrteo sam misli po glavi, telo po krevetu. Nije kao da je otišla na kraj sveta. I sam boravim u Londonu određeni deo godine, mogu je potražiti... ali nije kao da bi to bilo isto. Ako je već izabrala da ode ne bih želeo da joj remetim mir. Ako me nije upoznala dovoljno da me shvati čak i bez izvinjenja, da razume zašto sam tako reagovao... onda je možda i bolje ovako.

Ako sam morao da objašnjavam svoje osećaje onda to gubi svaki smisao. Pomirio sam se sa tim da je gotovo. Bila je to samo jedna lepa epizoda mog sumornog života. Stari mi je uvek govorio da nije važno koliko si godina prešao već koliko je lepih trenutaka po kojim ih pamtiš. Dodaćemo je tamo i zatvoriti to poglavlje. Iako će zauvek boleti pitanje šta smo sve mogli?...

Novi dan se sam potrudio da me vrati u rutinu. Bio je prebukiran sastancima koji su pomerani tokom mog odsustva. Sada je trebalo sve te ljude ispoštovati i vratiti se u igru. Kao što sam rekao, posao bi se obavljao sam od sebe, takav sam tim ljudi napravio, vodio sam računa o tome, da su lako mogli bez mog fizičkog prisustva da rade bez problema, ali ovdašnji poslovni partneri se malo razlikuju od britanskih. Kada vam pruže ruku da zaključite posao, kao da su vas primili među rođake. Vole da održavaju veze i vezuju se za čoveka. To im znači više od perfektno obavljenog posla. Morao sam im dati do znanja da nema razloga za brigu. Tu sam.

Kada sam napokon kasno uveče stigao kući, iscrpljen, od vrata sam bacio sako, olabavio kravatu i uzeo čašu sa viskijem te se uputio na balkon. Standardna procedura.

Gledao sam u zvezde. „Nemoj izgubiti Mesec dok brojiš zvezde." Setio sam se Alijevih reči i nasmejao se sam sebi.

— Pa, barem smo pod istim nebom — izgovorio sam tiho.

Okrenuo sam se da se vratim unutra, a onda zapazio svetlo u apartmanu pored u kojem je Ajla boravila. Da li su zaboravili da ga isključe? Ali prošla je senka. Neko je unutra. U istom sam momentu osetio zabrinutost, ali i bes. Kao da se neko usudio da mi razbije jedinu uspomenu koju imam. Smešno, zar ne? Je li Ali uselio nekog drugog ovde dok me nije bilo? Nije mogao tako brzo naći zamenu, ne bi to ni uradio bez konsultovanja sa mnom, zar ne? Dok su mi misli vodile borbu u glavi vrata balkona su se otvorila i izašla je ona.

— Ajla? — izgovorio sam u šoku. Mora da sam previše popio, pogledao sam u čašu. Je li i moj otac zato pio? Da bi toliko otupeo da vidi ženu koju voli makar to bilo i priviđenje.

Ne, ja nisam on. Neću biti. Bacio sam čašu u zid između nas ne bih li razbio tu sliku, ali ona je poskočila uplašena. Da li sam počeo da ludim ili samo počinjem da se pretvaram u svog oca?

25

- Ajla -

Vrzmala sam se po apartmanu ne znajući šta ću sa sobom. Nervoza se više pojačavala kako je vreme odmicalo, a Aleks se nije pojavljivao u kući. Noć je već odmakla. Možda neće ni spavati ovde. Moja nesigurnost se vratila. Možda je sa nekom drugom ženom. Pa da, tipično za muškarce. Koliko god Aleks bio drugačiji na kraju je samo muškarac i ne bi mu bilo teško da okrene bilo koji broj da pronađe utehu. Žene su stajale u redu pred njim.

Učinilo mi se da sam čula škripu na balkonu pa sam izašla da proverim. Aleks je stajao tamo. Gledao je u mene namrštenog pogleda. Nisam stigla ništa da izustim kada je bacio čašu koju je držao u ruci o zid. Staklo je poletelo svuda okolo. Trebalo mi je par trenutaka da se povratim od šoka i reagujem, a onda sam spazila krv na njegovoj ruci. Posekao se. Potrčala sam refleksno ka njemu, a onda shvatila da neću moći tuda da prođem pa brzo istrčala i uletela u njegov stan kako bih došla do njega.

Kada sam stigla i dalje je stajao u istom položaju gledajući nemo ka mom balkonu.

— Aleks... — rekla sam zabrinuto uzevši mu povređenu ruku svojim rukama. — Krvariš... moramo ovo očistiti i zaustaviti... — počela sam da se okrećem okolo haotično kao da ću tu naći bilo šta što bi moglo pomoći. Gledao me je izgubljenim pospanim pogledom. Povukla sam ga unutra kako bismo došli do kupatila, a onda mu pustila ruku pod vodu dok sam tražila komplet za prvu pomoć. Stajao je nepomično kako sam ga i ostavila. Nije reagovao. Nije govorio. Dohvatila sam dezinfekciono sredstvo i zavoj i zatvorila vodu.

— Ovo će možda malo peći, OK?

Ništa. Nikakva reakcija. I dalje me je samo tupo posmatrao. Sipala sam sredstvo na ranu na šta je pomakao ruku i opsovao pa naglo pogledao u mene. Kao da je tek tada postao svestan mog prisustva. Uzela sam mu ruku nazad i previla je. Ćutke je posmatrao. Kada sam završila podigla sam glavu i pogledala ga pravo u oči. Namršteni pogled. Onaj koji me je kupio.

Aleks je imao predivan osmeh, ali nije se mogao često videti na njemu. Ovaj mu je pogled bio zaštitni znak. On me je kupio, pomislila sam i blago izvila usne u osmeh.

— Dođi... — konačno sam ustala i pružila mu ruku da krene za mnom. Smestila sam ga na trosed u dnevnom boravku, a onda otišla da počistim nered. Dala sam mu vremena da se pribere.

Kada sam završila i vratila se već je bio bolje. Bio je konačno prisutan u trenutku. Sela sam okrenuvši se ka njemu i naslonila glavu na ruku koja mi je bila na naslonu.

— Zar ti nisi otišla? — progovorio je jedva promuklim glasom dok je gledao u zavoj na ruci.

— Morala sam, bilo je stvari koje sam morala da rešim...

Podigao je glavu upućujući mi upitni pogled.

— Zar ti majstor Ali nije rekao?

— Rekao šta? Rekao je da si u Londonu. Mislio sam...

Sada mi je bilo mnogo toga jasnije, njegova reakcija, zbunjenost... on nije znao da sam prihvatila Alijevu ponudu. Ono što ja nisam znala da li mu Ali to nije namerno rekao ostaviviši ga da sam donese zaključke. Bilo mi je pomalo smešno. Ali me njegov upitni pogled i podizanje obrve sprečilo da taj osmeh proširim.

— Da, bila sam u Londonu, da se vidim sa roditeljima, da im objasnim situaciju, da završim svoje poslove oko studija... znaš... administracija, obaveštenja klijentima, novi način rada...dosadna birokratija na kraju.

— Što znači...

— Da sam prihvatila Alijevu ponudu, da. Ako se slažeš sa time nastaviću da radim ovde kao glavni dizajner, uz Alija naravno.

Jedva da se nasmejao, ali mu je pogled postao bistriji, radosniji, to nije mogao da sakrije.

— Drago mi je zbog tebe, zaista jeste. Ti to zaslužuješ. Verujem da te tek čeka ogroman uspeh.

— Pa i ja se nadam, ali nije uspeh ono što će me prigrliti noću. Mislim da sam konačno shvatila vrednost nekih drugih stvari pa neću žaliti ni da poslovni uspeh izostane ako bih mogla njih da imam.

— A to su?

— A to su kao što sam rekla zagrljaj, takav u kome ću se osećati voljeno, zaštićeno, a opet slobodno. Ničim izazvan osmeh, jednostavno samo zato što sam tu i postojim. Večera udvoje, gledanje filmova na Netflixu...

— Menjala bi uspeh za takve sitnice?

— Male stvari donose velike osmehe — rekla sam slegnuvši ramenima i smejući se što je konačno i njemu izazvalo osmeh. — Aleks... odugovlačila sam sa odlukom ne zato što nisam bila sigurna da li to želim, to sam odmah znala, već zato što sam htela prvo da razgovaram sa tobom. Najpre, da ti se izvinim za neprijatnost koju sam priredila prilikom našeg poslednjeg susreta...

— To je... to nije važno... uostalom ja tebi dugujem izvinjenje... nije trebalo da to kažem. Nije moja stvar. Nije bilo moje da izvlačim zaključke.

— Možda nije bilo, ali sam ti zahvalna da jesi. Otvorio si mi oči. Ne samo za to već me je nateralo da razmislim generalno o svom ponašanju i da naučim da gledam stvari i iz drugog ugla, iz perspektive druge strane. To mi je pomoglo da mnoge stvari razumem.

— Drago mi je ako je tako, da sam ti pomogao, mada i dalje nisam ponosan na način na koji sam to učinio... bes me zaslepeo — sklonio je pogled u stranu lutajući njime po podu.

— I to razumem. Nisam ništa bolje odreagovala. I to nije bio prvi put, čak ni prema tebi.

Pogledao me je.

— Kada se osetim povređenom, imam nagon da vratim istom merom. Znaš kao ovo me je pogodilo sada ću ti vratiti istom merom. Iako ti to ne učiniš sa namerom već iz nehata, kao što kažeš jer na primer ne iskontrolišeš bes, deluješ impulsivno, ja to uradim sa namerom. Namerno te udaram u bolnu tačku kako bi se osećao isto. A to je loše. To je jadno — spustila sam glavu dole stideći se svojih postupaka. — Ipak, koliko god bila svesna toga i želela da to iskorenim, to se nažalost ne može promeniti preko noći. Pokajem se istog momenta kada to učinim, ali je jače od mene. Dajem sve od sebe da to iskorenim, da se pomirim sama sa sobom.

— Znam da ne ide... ni brzo ni lako... zar imam jedan problem? Sa vezivanjem? Sa besom usled nedostatka kontrole... da ne nabrajam — nasmejao se sam sebi.

— Ako ti... Ali je rekao da se ti nećeš mešati u moju odluku i da ništa na to neće uticati, ali ako ti moje prisustvo ovde i u najmanjoj meri ne prija ili smeta ja ću se povući. Ne želim ništa što bi moglo poremetiti tvoj mir.

— Zašto? — pitao je gutajući knedlu drhtavim glasom. Moj nije bio ništa bolji.

— Šta zašto?

— Zašto bi stavila mene i moja osećanja ispred svojih želja?

— Zato što... te volim... — rekla sam. Izgovorila sam to. Prvi put u svom životu nekom muškarcu. I znate šta? Osećaj je fenomenalan. Tako olakšavajući. Kao da sam prodisala.

Gledate stalno u serijama, filmovima, čitate u knjigama... kako ljudi izgovaraju te dve reči „volim te", lagano, bez problema. Neki iskreno, neki lažno, takođe bez problema. Ja ih nisam nikada uspela izgovoriti. Čak i kada sam želela, misleći da volim, nisam mogla. Samo dve reči. Nisam mogla. Nikada. Sada je to jednostavno došlo samo od sebe. I sada kada sam izgovorila i naglas nikada nisam bila sigurnija u njih.

Aleks je odmahnuo glavom u neverici, kao da je loše čuo pa me ponovo pogledao u oči. Klimnula sam glavom u znak potvrde.

— Pogrešila sam... mnogo... ali da se nije sve odigralo tako kako jeste možda još uvek ne bih shvatila, možda bih se i dalje pitala, sada sam sigurnija više nego ikad. Želim ovo. Ako ti još uvek želiš, naravno.

Aleks me zagrlio i privukao sebi. Držao me je tako neko vreme dok se nisam potpuno opustila.

— Je li ovaj zagrljaj dovoljno dobar? — konačno je progovorio.

— I više od toga!

— Onda je tvoj!

Podigla sam se brzinom svetlosti i pogledala u njega. Smejao se i klimnuo mi glavom a onda raširio ruke.

— Ti si bila treća osoba u mom životu koju sam primio u svoj zagrljaj, posle Esme i Alija. Nije kao da ga baš delim svima. Za mene zagrljaj ima veliko značenje. Kao da njime daješ čoveku dušu na pladnju. Ja sam ti svoju dao još one noći na ostrvu. I bez obzira na sve što se desilo među nama verovao sam u dubini da ćeš znati da je čuvaš. Trebaće mi vremena da naučim kako da ti pokažem da te volim, kako da se pustim. Kako da savladam strah od gubitka...

— Aleks... ni ja nisam večna zato ti ne mogu obećati večnost, ali sam sigurna da dok god dišem trudiću se da budem pored tebe. Ne znam da li ćemo trajati zauvek ili ćemo se rastati za par meseci, ne možeš ni ti. Ali znam da ćemo oboje žaliti ako ne pokušamo. Jer onda zaista ništa nećemo imati.

— Slažem se — klimnuo je glavom.

— Svađaćemo se, znaš...

Nasmejao se.

— O, da, znam.

— Ali nešto ću te zamoliti...

— Sve što želiš...

— Nemoj nikada više da dozvolimo da prođe ovoliko vremena od svađe do pomirenja... najviše par sati... možda minuta... važi?

Sada smo se već glasno smejali.

— Dogovoreno.

- Aleks -

Prva pomisao kada sam ujutru otvorio oči bila mi je da sam sve sanjao, prolazno razočaranje mi je brzo zamenila slike Ajle u mom naručju. To me je nasmejalo. Nisam mogao sebe da zamislim ovako. Ni u najluđim snovima. Koliko god to delovalo nerealno svako ima svog para u ovom svetu, samo je pitanje kada će ga i gde sresti.

I znate kada se to desi. Ako pomislite da ste ga možda promašili, da ga niste prepoznali, da mu niste dali priliku... ne. Znaćete tačno ko je. Da objasnim kako, zašto, na osnovu čega? Nema fizičkih entiteta kojima se to može dokazati. Prosto je tako. Nema potrebe za preispitivanjem i vraćanjem u prošlost, nema brige o budućnosti sa tom osobom. Prosto znate. Osećate.

Ajla je imala svoje strahove i dileme, ali nije bila više emocionalno osakaćena od mene. Čak i takvi našli smo jedno drugo kao najbolje za oboje. Prema svim merilima i standardima ni ona ni ja nismo savršeni, ali smo baš takvi savršeni jedno za drugo. Radovao sam se životu koji me čeka sa njom. Konačno, dani će dobiti boju, novi oblik, značenje... neće biti samo brojevi koji se nižu.

Ajla se promeškoljila i budeći se dohvatila telefon da vidi koliko je sati, a onda skočila.

— Aleks! Podne je! — skočila je i krenula pomahnitalo okolo da traži ni sama ne znajući šta.

— Dobro jutro i tebi — podigao sam se na laktove.

— Koje jutro, podne je! Čuješ li ti mene!? Posao! Nisam otišla na posao. Majstor Ali... oh ne, pomisliće da sam to namerno uradila jer sam prihvatila ponudu da ostanem i misliće da sam to sada iskoristila... — istinski očaj joj je bio u očima.

Ustao sam i krenuo da je prigrlim.

— Neće to misliti, naravno, smiri se.

Naš se razgovor produžio do duboko u noć, a onda smo nastavili sa gledanjem Netflix-a, mora da je bila zora kada smo se uspavali. Ni sam nisam verovao da je podne. Nikada mi se nije desilo da toliko spavam. Niti da se probudim ovako odmoran bez obzira na sve.

— Idi istuširaj se, spremi se i idemo zajedno. Polako, OK?

Klimnula je glavom i krenula, a ja sam za to vreme na brzinu sproveo svoju novonastalu ideju u delo.

Kucao sam poruku kada je Ajla ušla spremna i posramljena zbog kašnjenja, pa smo krenuli zajedno ka Aliju. Čim smo prošli par koraka uhvatio sam je za ruku smejući se, znao sam kako će reagovati. Odmah se cimnula.

— Uh, nećeš to raditi, ne sada, ionako se stidim... gledaj Aleks, ne želim nikakav povlašćeni položaj zbog ovoga. U redu?

Klimnuo sam glavom i dalje se smešeći. Video sam preko njenog ramena Alija na terasi, već nas je video.

Nije mogao, a nije se ni trudio da sakrije radost kada nas je ugledao da prilazimo. Ajla je odmah počela da se pravda i izvinjava i pričala dvesta na sat sve do momenta kada je trebala da kaže razlog zbog kojeg se uspavala, a onda je naglo stala i pocrvenela.

— U svakom slučaju nije bilo namerno, izvinite još jednom. Odmah ću se baciti na posao da to nadoknadim.

— Ajla dušo, polako, u redu je. Sve je pod kontrolom. Nisam ništa loše pomislio. Posao neće nigde pobeći, tu je i čeka. A mi nećemo živeti da bismo radili nego ćemo raditi da bismo živeli — Ali je rekao sa smeškom.

— Tako je, čak sam se i ja sada pomirio sa tim, tako da... je vreme za odmor! — dodao sam.

— Šta? Kakav odmor? Ne dolazi u obzir... — Ajla je i dalje nervozno negodovala.

Prišao sam joj i polako joj šapnuo na uvo:

— Da, ima... vodim te u Alačati...

Oči su joj se raširile poput tanjira. Iskoristio sam trenutak dok je ostala bez teksta da je povučem za ruku i da krenemo. Okrenuo sam se ka Aliju i namignuo mu. Nagradio me je širokim osmehom.

Dok se Ajla tuširala nazvao sam Alija i rekao mu svoje planove što je naravno svesrdno prihvatio. Kritikovao sam ga što mi odmah nije rekao da je Ajla pristala i da je privremeno bila odsutna, ali mi se samo nasmejao. „Znao sam da će užitak biti veći ako mu se ne nadaš", rekao je. Igrao se sa mnom ali vratiću mu. Polako. Večeri tavle su pred nama.

Onda sam spakovao na brzinu neke Ajline stvari i posao poruku čuvaru da ih pokupi za nama i odnese u gepek. Ostao sam joj dužan Alačati.

Sebi sam ostao dužan život...

I neka konačno počne. Poveo sam Ajlu ka automobilu dok je negodovala. Otvorio vrata, smestio je, a ona je idalje nastavljala.

— Čekaj...

Naglo sam zakočio.

— Nemam stvari, ništa nismo spakovali.

— Sredio sam to.

— Kako?

— Samo se opusti i uživaj...

— Ne mogu da se opustim, sramota je što smo tako otišli... — vrtela je glavom na sedištu sumorna, a onda skočila besno. — Rekla sam ti pre par minuta da ne želim nikakve povlastice, a vidi u kakav si me položaj doveo...

Nasmejao sam se i uhvatio je za ruku prinoseći je usnama poljubio je. To je ne samo ućutkalo već i nasmejalo.

I tako je počelo...

- Ali -

Pet godina kasnije

Ne može i ne treba svaka želja da vam se ostvari. Ne znate šta ona vuče sa sobom ni koja je njena cena. Koliko god se vama činilo da želite lepe stvari... ne možete znati da bi i njene posledice bile jednako lepe. Moja Esma i ja dugo smo želeli da imamo dete. Nije se dalo. Bog je imao drugačije planove. Nikada nisam u njih sumnjao. Znao sam da za sve što se desi postoji neka svrha. Emocija te tera da želiš nešto, kada ostvarenje te želje izostane osetiš ubod razočaranja, poklekneš. Jedino što ti tada ostaje je da veruješ.

Da On ima za tebe bolje planove.

Noćima bih mislio... zašto je Bog odlučio da ne nagradi ženu poput Esme detetom? Ona koja ima toliko ljubavi u sebi koju bi mu pružila? Ona koja je oličenje dobrote, požrtvovanosti... ne samo da bi volela nego bi ga i svemu lepom naučila. Nisam mogao da razumem. Kada bi me nemoć i razočaranje stigli pokušavao sam da nađem utehu među svojim mislima. Šta ako bi nas to dete sutradan rastužilo? Šta ako bi imalo kakav zdravstveni problem? Ne bi li to bila prevelika cena za ostvarenje naše želje?

Verovao sam da Bog to čini sa nekim razlogom. Ništa nam drugo i nije preostajalo, samo vera i strpljenje. Kao nagradu za to poslao nam je Aleksa. I danas me duša zaboli kada se setim njega tako malog, napuštenog na klupi, dok drhti. Kada sam ga prvi put uzeo za ručicu osetio sam takvu povezanost, takav spokoj. Znao sam da u rukama držim pravo blago. Njegove sumorno plave okice pune suza, koje su me gledale kao spasitelja. Možda sam u njima prepoznao svoju bol, jer i ja sam na neki način bio odbačen. Ipak, ja sam napravio svestan izbor za to, on nije imao izbora. Nije tražio da se rodi, niti da ga odbace.

Ne verujem da bismo ga mogli više voleti sve i da je bio naš. Bog je, spojivši nas sa njim, olakšao i nama i njemu. Nama je utolio žeđ za detetom, njemu dao potrebnu pažnju i ljubav koje nije zatekao rođenjem. Bio je dobro dete, poslušno, uspešno, pametno... sve što bi kao roditelj mogli poželeti da imate. Ponosio sam se njime. I danas mi srce zadrhti na pomisao šta bi se desilo sa tim detetom da je ostalo na ulici.

Sa njim sam lakše prošao i kroz Esminu smrt. Nikada se nisam od nje oprostio, čak i kada je otišla ostala je tu negde, u vazduhu oko mene, nisam dozvoljavao sebi konačnost u njenom odlasku, tako je bilo lakše. To što sam imao Aleksa pomoglo mi je da se izborim sa tugom.

Ali ja njegovu tugu nikada nisam uspeo da u potpunosti oteram iz njegovih očiju. Nije patio za tim ljudima, ali ga je boleo način na koji je ostavljen. Vremenom se ta tuga pretvorila u bes, koji mu nije dozvoljavao da živi normalnim životom.

Iako nije pričao, znao sam da to nosi u sebi i nije bilo načina da mu pomognem da zaboravi. Neke rane ostaju za ceo život. Ako ne krvare onda vas svrbe, tek da vas podsete da su i dalje tu. Izbegavao je svaki vid vezivanja za bilo koga od straha da će biti ponovo napušten. Opet, nije mi ostalo ništa drugo nego da se nadam. Da će i on naći ono što mu je potrebno da prođe kroz to. Ako sam nešto znao to je da takve stvari ne idu na silu.

Kada se Ajla pojavila bio sam i više nego srećan. Životno iskustvo i intuicija ovog starca odmah su mi pomogli da primetim da se vetar razduvao i da će pomeriti mnogo toga. Odmah sam primetio varnicu između njih. Čak i dok nijedno od njih dvoje nije bilo toga svesno. Znao sam da će pre ili kasnije shvatiti da su jedno drugom melem za rane koje nose. Desilo se ipak kasnije jer im je dugo trebalo da priznaju i sami sebi. Bilo mi je zadovoljstvo gledati ih kako se otimaju ljubavi. Pratio sam iz prvog reda kako razvijaju teorije oko svojih osećanja. I sada se nasmejem tome.

Ljubav nema definiciju, nema teoriju, nema ni fizičko postojanje... samo postoji. Kao što ne možeš objasniti niti se odupreti gravitaciji tako ne možeš ni ljubavi. Ako vas neko pita zašto volite neku osobu i vi imate odgovor na to znajte odmah da to nije ljubav.

Ako kažete zato što je lepa, vi volite njenu lepotu. Ako kažete zato što je pametna, vi se divite njenoj inteligenciji. Ako kažete zato što je zgodan/zgodna, vama je ta osoba samo privlačna. Ako kažete zato što je bogat, sve što tražite jeste sigurnost. Ali ako se i sami zapitate zašto i ne možete naći konkretan odgovor na to, budite sigurni da zaista volite.

I da znate šta je ljubav.

Ljubav takođe nije ni unikatna. Nema formulu. Svako voli na sebi svojstven način. Svako je drugačije i pokazuje. Neko nežnostima, neko brigom, neko čarkama...

Automobil je zastao na prilazu. Vratili su se sa odmora. Otkako su se uzeli postala je tradicija da svake godine provedu par dana u Alačatiju. Kuća tamo bila je moj svadbeni poklon na kome sam insistirao. Na kraju krajeva sve će ovo ionako ostati njima.

Nikada me nisu ostavili samog, ne iz obaveze već zato što su želeli da budu tu, blizu mene. Tada sam znao da sam napravio dobar posao odgajajući ga i dobru procenu što se tiče Ajle. Porodica im je bila na prvom mestu. Ja nisam želeo da odem odavde, ali njima sam govorio da idu, da im treba urbanije mesto, više prostora, naročito kada su se rodili Maksim i Mia, ali nisu želeli. Renovirali su mesto gde su bili apartmani i ostali ovde.

„Želimo da deci pređe malo tvoje mudrosti", Ajla me je zadirkivala. Ne mogu da kažem da nisam bio neizmerno srećan zbog njihove odluke.

Uživao sam u njihovom odrastanju, prvim koracima, prvim osmesima. Iako su bili blizanci, bili su toliko različiti. Maksim je nasledio Ajlinu crtu, dok me je Mia toliko podsećala na Aleksa, počev od te boje očiju, tamnih kovrdža, taj umilni pogled... sa njima sam proživeo sve ono što sam sa Aleksom propustio prvih pet godina.

A moj Aleks? Toliko se plašio da li će biti dobar otac, da li će naslediti gene svojih roditelja... boljeg nisam sreo. Mnoge majke nisu tako strepele za svoju decu, volele ih, pazile i žrtvovale se, uključujući njegovu rođenu. Mnogo sam ljudi sreo u ovom životu, ni u jednim očima nisam video toliko ljubavi koliko u njegovim kada je gledao svoju decu.

— Hej, stari, stigli smo — Aleks je mahnuo dok je zatvarao gepek. Mali đavoli su se odmah sjurili do mene i počeli da me grle.

— Deda Ali, videli smo... — počeli su da prepričavaju svoje najnovije doživljaje koje sam sa oduševljenjem slušao.

— Nisam je čak ni video kako izgleda... nisam bio svestan ni da li je preda mnom čovek ili žena...

— Pa teško da bi muškarac imao tako prijatan glasić... pustila je oči po tebi kao psa po travnjaku... nemoj da se smeješ...

— I da je tako, potrudila si se da vidi da je travnjak tvoj...

— To je trebalo da vidi i sama! Pobogu, voziš i dvoje dece pozadi.

— Možda ste mi samo rođaci...

— Tebi je ovo zabavno, zar ne? Ma... prestani da se smeješ, uživaš u ovome...

Pa, neki neće odrasti nikada, pomislio sam smejući se dok sam slušao „raspravu" između Aleksa i Ajle. Jurili su se oko automobila kao deca. Deca u njima nikada nisu izašla van i to je ono što je bilo najlepše kod njih. Ovakve čarke nisu im bile strane, ali to je bio samo jedan od načina da pokažu jedno drugom koliko im je stalo.

— Neka žena je bila dobra prema tati, pa se mama naljutila — rekla je Mia.

— Deda Ali... čitaj nam opet one tvoje priče... — dodao je Maksim.

— Naravno — poljubio sam oboje u glavu, uzeo Rumijevu knjigu koja je uvek bila uz mene i poseo ih u krilo. — Sluge su dovele mnogo prelepih žena i sve su stale pred Medžnuna čekajući da podigne glavu i pogleda ih. Kralj mu je naredio: „Podigni makar glavu i pogledaj!” „Bojim se”, reče Medžnun naivno. „Lejlina ljubav podigla je mač, spremna da mi odseče glavu ako pokušam da je podignem!” Medžnun je bio potpuno obuzet ljubavlju prema Lejli, nesposoban da vidi lepotu drugih žena...

Čuo sam iza sebe Ajlino „pročišćavanje grla” i Aleksov suspregnuti smeh, što me je jedva sprečilo da se ne nasmejem glasnije.

— Je li to knjiga o mami i tati, deda Ali? — pitala je Mia.

— Moglo bi se i tako reći — odgovorio sam smejući se. A onda su i njih dvoje prasnuli u smeh.

I to je bilo sve što sam ikada želeo. Da mojim vrtom odzvanja iskreni smeh. Možda nisam do njega došao onako kako sam zamišljao, putem koji sam predvideo, ali je na kraju ipak tu.

Mirno more ne čini dobrog mornara, kao što ni miran život ne čini dobrog čoveka. Ako ti je sve u životu poklonjeno nećeš umeti da ceniš ništa od toga. Ni hleb koji jedeš ni vodu koju piješ. Postaješ nehajan, bezobziran, lenj, čak i zao. Nedaće su te koje od čoveka prave dobro, na kraju. Jer samo onaj koji zna kakve je muke prošao znaće da ceni ono što je dobio.

Nisu srećni ljudi zahvalni, već su zahvalni ljudi srećni.

Ili još par reči autora za kraj...

Deluje nestvarno napisati izjave zahvalnosti za svoju knjigu. Ali kao što sam već navela na kraju ovog „putovanja" sa Ajlom, Aleksom i Alijem, zahvalni ljudi su srećni.

Mika Altun je pseudonim nastao kao znak zahvalnosti mojoj inspiraciji. Drago mi je da postojiš. Iza ovog imena stoji neko sasvim običan, samo jedan zaljubljenik u pisanu reč, putovanja i ljubav u svakom njenom obliku.

Moje priče i likovi plod su fikcije, ali možete lako pronaći u njima bilo koga iz svog okruženja. Temelje se na ljubavi, bez koje ništa ne bi imalo smisla i koja može učiniti ovaj svet boljim mestom za život. To je uvek glavna poruka. Ne samo o ljubavi između muškarca i žene, već i o svakom drugom obliku. Ljubav je lek i ljubav je ta koja može spasiti svet... ako je pustimo.

Ipak, kroz moje priče akcenat je na psihološkoj strani likova. Njihovim borbama i fobijama, teretu koji nose na svojim ramenima, kao i svako od nas. Nešto sa čime se većina nas danas bori. I to nije samo rezultat mog ugla shvatanja i emocija, već i podobnog istraživanja o temama koje se pominju.

Pored toga, kao ljubitelj putovanja, trudila sam se da i kroz knjige putujem pa se tako radnja svake knjige vodi u nekom drugom gradu.

Nadam se da ćete se upoznati i sa mojim drugim delima, pa se vratimo na zahvalnost.

Suprotno očekivanom, da pobrajam ljude kojima sam zahvalna, pre svega sam zahvalna Bogu koji mi je dao ovaj dar i otvorio put. Takođe, suprotno očekivanom, zahvalila bih i svima onima koji u mene nisu verovali i koji mi na tom putu nisu pomogli, jer su mi upravo time dali snagu da nastavim još jače i upornije.

Ali ipak dugujem zahvalnost svojoj najboljoj prijateljici čija podrška nije izostala, na njenoj veri u mene. Ona koja me je jednom prilikom opisala kao velikog živca i emotivca, ali isto tako borca koji živi da nasmeje druge jer se tada najbolje oseća. Želim svima takvog prijatelja.

Zahvalnost dugujem i svojoj porodici. Možda nisu učestvovali u ovom stvaranju, ali su doprineli da dođem do ovog momenta.

Veliko hvala beta čitaocima koji su svojim komentarima doprineli poboljšanju mog rada.

I naravno, mom izdavaču zahvaljujući kome će ovo delo ugledati svetlost dana i biti dostupno svetu.

Nadam se da ćete uživati. Ako ovi moji redovi dotaknu makar jedno srce znaću da sam uspela.

Mika Altun

Mika Altun
ODBAČEN

London, 2024

Izdavač
Globland Books
27 Old Gloucester Street
London, WC1N 3AX
United Kingdom
www.globlandbooks.com
info@globlandbooks.com

Naslovna fotografija
Oguzhan Tasimaz
(https://unsplash.com/photos/a-body-of-water-
with-a-city-in-the-distance-HXPXPKAGFNM)